故事的結局

湊佳苗

故事的結局

目錄

故事的結局

天空的彼岸

那座山的後方到底有什麼？從我懂事的時候開始，就經常望著遠方的景色發呆，思考這件事。我出生的城鎮位在山谷間的盆地，四周都是高山，我只能看到城鎮周圍像高牆般的山脈，和山脈上方的藍天。父母開了一家小麵包店，他們每天凌晨兩點起床做麵包，清晨六點到傍晚六點開店營業，完成隔天的準備工作後，晚上九點上床睡覺，日復一日過著這樣的生活。麵包店的名字叫〈薰衣草烘焙坊〉，但我爸爸和媽媽從出生到現在都一直在這個城鎮生活，從來不曾出門旅行，也從來沒有看過北海道那片盛開著紫色的花，宛如一張紫色地毯般的薰衣草田。向來不苟言笑的爸爸想要取一個好聽的店名，吸引城鎮上的太太上門買麵包，於是就打開向鄰居「萬事通」借的植物事典，把聽起來不錯的外來語花名寫在廣告單的後面，讓媽媽從中挑選後，決定了這個店名。但是，他們的意圖似乎發揮了作用，〈薰衣草烘焙坊〉很受左鄰右舍的歡迎，他們週末、假日都無法休息，每天都忙著做麵包，所以也沒空理會我這個獨生女，我總是怔怔地想像著山後方的世界打發時間。

也許山的後方也有一個和這裡一樣的城鎮，有一個和我同年紀、長相也一樣的女生，但她並不是麵包店的女兒，她爸爸是跑遠洋線的船員，每年只回家幾次，每次都從世界各地買了可愛人偶和漂亮的布帶回來送她。她的媽媽很會做衣服，用爸爸買的漂亮布料為她縫製漂亮的洋裝。那個女生每天都穿著漂亮洋裝去學校上課，同學都羨慕不已，但其實她對穿這些衣服絲毫不感到高興，因為她沒辦法和大家一起去河邊玩，或是去爬樹。她很希望盡情地玩耍，不必在意身上那些衣服，哪怕只有一天也好。某一天，她和媽媽一起去了鄰近城鎮的麵包店，遇見一個長得和自己一模一樣的女生——。

我曾經把這個幻想的故事告訴過一個同學。她叫小野道代，在小學六年級時，因為父親銀行工作的關係搬來這裡。以前就認識我的同學即使看到我在上課時、放學後呆呆地看著遠方，也早就司空見慣了，但道代覺得我的舉動很奇怪。

「妳的腦袋裡都裝了什麼東西？」

她一臉好奇地問我，我雖然有點不好意思，但不希望她認為我弱智，所以就把前一刻在腦海中浮現的世界告訴了她。

「太有趣了！後來呢？」

聽到她拍著手這麼問，我也很傷腦筋，因為我的幻想都只是心血來潮，很少有完整的故事。我這麼告訴道代，道代說這樣太可惜了，建議我把幻想寫下來，寫成一個完整的故事。我覺得心血來潮想到的時候，針對想到的事思考才好玩，所以覺得她的提議有點麻煩，但還是敷衍地回答說：「是啊。」沒想到道代隔天送給我一本可愛花卉圖案的筆記本，我就不得不開始動筆寫，最後總算完成了兩個長相相同的女生調換身分的故事，道代稱讚說，故事很好看，甚至還說我以後可以當作家。我一笑置之，覺得她太誇張了，因為我這種鄉下麵包店的女兒怎麼可能成為作家？

「至少對我來說，妳已經是作家了。」

道代一臉嚴肅地斷言，建議我試著寫其他故事，而且她說想要看有命案發生的故事。雖然我知道世界上有所謂的推理小說，但從來沒看過。因為父母從來沒有幫我買過書，學校圖書室裡只有文學全集。我以前看的書中會有自殺或是殉情，卻從來不曾有過命案的情節。我對道代說，我不可能寫出自己從來沒看過的故事，道代就借給我一本橫溝正史的《本陣殺人事件》。既然書名就有「殺人事件」，必定是可怕的故事。如果看了之後，晚上不敢去上廁所怎麼辦？我能夠看完這本大人書，不會中途放棄嗎？這些擔心顯然都是杞人憂天。父母早早上床睡覺後，就是無聊的漫漫長夜，即使時鐘已經指向十二點多，我也毫無睡意，所以一個晚上就把那本書看完了。

一棟老房子的偏屋發生了命案。慘遭殺害的新郎和新娘的枕邊有一把傳家之寶的名琴，金色屏風上有奇怪的血跡。因為戶外積了厚厚的雪，所以命案現場成為密室——。

簡直就像是在這個城鎮發生的故事。也許作家都必須住在東京，但故事發生的舞台可以在鄉下，而且，這樣反而會讓故事帶有獨特的氣氛。當我體會到這一點時，腦海中立刻浮現一棟老舊的房子，似乎聽到了住在那棟房子裡的三姊妹爽朗的笑聲。殺人的方式最好不要見血，所以要不要喝農藥？美女和農藥格格不入。那毒草呢？我去學校的圖書室調查了有毒植物，創作了那個故事。筆記本上寫了十頁的內容，只是小孩子想出來的稚拙故事，甚至稱不上是短篇小說，但道代也發自內心地樂在其中。

「我直到最後都沒想到，原來不是在茶裡下毒，而是把毒塗在茶杯上。」

聽到她的感想，我忍不住暗自得意，開始思考下次要用什麼方法殺人。故事要有讀者，才值得記錄成文字，在中學一年級結束，道代搬走之後，我雖然仍然會幻想，但完全無意用文字的方式記錄那些幻想，之前寫故事的筆記本也送給了道代。道代臨走前說希望筆記本可以借她，讓她把故事抄下來，以後隨時可以再看，但我告訴她，我的故事都記在腦海中，所以不再需要那本筆記本。道代送了我三本橫溝正史的書作為回禮。我覺得這份回禮太厚重了，想要從中挑選一本，但道代說，比起在書店可以買到的書，我那本全世界獨一無二的書更有價值，硬是把三本書都塞到我手上，並希望我繼續寫故事。

中學二年級時，我無法再埋頭故事的世界。因為麵包店負責收銀台工作的小松小姐結婚了，她必須每天在家送先生出門上班，所以我每天清晨六點到八點期間必須顧店。在去店裡幫忙之前，必須做好上學的準備，所以每天凌晨五點就要起床，無法熬夜看完一本書。而且，我顧店的那兩個小時是最忙的時間，去上班、上學的人都會來店裡買麵包，我根本沒時間發呆。一次又一次重複把麵包裝進紙袋、在收銀機上算錢，收錢、找錢的作業，幾乎沒有喘息的機會，其他同學都一臉神清氣爽地走在上學路上，我已經精疲力竭。上課時也無暇幻想，而是深深陷入夢境的世界。但是，我並不討厭顧店的工作，店裡的客人都是老主顧，所以可以觀察原來這個城鎮住了這些人，然後記住每個人喜歡的麵包，暗自為他們取了德國麵包爺爺、巧克力螺旋麵包太太之類的綽號；還可以根據家庭主婦購買的麵包種類和數量，想像不同的家庭情況，有很多讓我樂在其中的要素。

火腿哥也是老主顧之一。他穿著附近很少看到的制服，每天清晨六點五十分走進店裡，買火腿三明治和火腿麵包，我不知道他的名字，暗中叫他「火腿哥」。他每天都買這兩種麵包，所以我幾乎不看他托盤上的麵包，就裝進紙袋，在收銀機上輸入價格。但是，在我剛上中學三年級的某一天，我像往常一樣，把紙袋和找零的錢交給火腿哥，當他離開很久之後，才想起在他來之前，火腿三明治就賣完了。因為附近一所中學的老師買了大量的火腿三明治，說要請球隊的學生吃。火腿哥的盤子上的確有一個三明治，所以那應該是雞蛋三明治，比火腿三明治便宜三十圓，我找錯錢了。原本打算等第二天早上再還給他，但如果他發現多收了他的錢，氣得跑來店裡投訴，我就會被爸爸罵，還是趁今天把錢還給他，我決定去等他。

我向同學描述了火腿哥的制服特徵，同學告訴我說，那是鄰鎮京成高中的制服，我猜想他八成是搭長途巴士上下學，所以在放學後四點左右開始，就在離麵包店一百公尺外的巴士站等他。火腿哥從五點半抵達的長途巴士上走了下來。我跑上前去，把放在口袋裡的三十圓遞給他，他一臉訝異地看著我。因為我在收銀台時穿著白色工作服，頭上包著三角巾，所以他沒有認出我是麵包店的女生。在麵包店的時候，無論遇到任何客人，我都可以應付自如，但那時候我緊張得不知所措，結結巴巴地告訴他，我多收了他的錢。

「只為了三十圓，妳就一直在這裡等我嗎？」

火腿哥似乎很驚訝，他也沒有發現我早上多收了他的錢。

「但我在看書，所以一下子就過去了。」

我拿出夾在腋下的書給他看。

「女生看推理小說，真難得啊，妳喜歡嗎？」

我點了點頭，他問我還有什麼書，我告訴他，只有以前的同學搬家前送我的三本書而已。火腿哥說，他有很多江戶川亂步的書，可以把他的書借給我看。因為他是麵包店的客人，而且是比我年長的男生，我不知道可不可以向他借書。雖然猶豫了一下，但想要看更多推理小說的渴望戰勝了一切。只要有時間，我就會一看再看道代送我的那三本書，但在重讀時，再也無法體會第一次閱讀時的震驚。我想要再度體會那種拍著大腿說「原來是這麼回事！」和「我就知道是這樣」，不禁莞爾的快感，於是向他鞠躬，拜託他把那些書借給我看。火腿哥第二天清晨就帶了江戶川亂步的《孤島之鬼》給我，但因為收銀台前經常有很多人排隊結帳，我無法好好向他道謝，所以每次還書給他時，我就在長途巴士站等他。因為到下午時，火腿三明治和火腿麵包早就賣完了，所以我把裝了卡士達麵包的紙袋和書一起交給他。他當場把麵包分成兩半，我們一起坐在長途巴士站的長椅上，一邊吃麵包，一邊聊書。隔天早上，火腿哥又會帶新的書來借我。

捨不得很快看完，想要細細體會故事意境的心情，和想要趕快看完，和火腿哥討論劇情的想法總是在內心天人交戰。有一次，我等在長途巴士站，結果五點半的那班長途巴士上不見火腿哥的身影。我早上才遇見他，隔天早上也會再看到他，但我就像錯失了相隔多年的重逢般失落。我坐在長椅上，茫然地望著遠方，想像著他不知道在幹什麼。時間在轉眼之間就過去了，六點半的那班長途巴士抵達，火腿哥走下車。我見到他時興奮不已，但他劈頭就斥責我，天都黑了，一個人等在這裡不是很危險嗎？我難過得哭了起來，他對我說，今天因為學生會有活動，所以才晚回家，以後晚回家的日子會在早上告訴我。但如果在收銀台前對我說這些話，我的爸爸和媽媽就可能會知道我和他見面的事。於是，他提議會用暗號通知我。如果搭平時那班長途巴士回來，就買和平時一樣的麵包；如果會晚回家，就買別的麵包。

「忙得必須要晚回家的日子，不吃自己喜歡的麵包沒關係嗎？」

那是我最關心的事，我甚至想要為了他偷偷預留火腿三明治和火腿麵包。

「我媽也經常光顧妳家的麵包店，妳家的每一種麵包都很好吃。」

我從來沒有像這一刻那麼為自己身為麵包店的女兒感到驕傲。我之前就曾經在店裡幫忙切乳酪，或是在土司麵包上塗奶油，我打算認真向爸爸學做麵包。

暑假快結束的某一天，我和火腿哥坐在長途巴士站的長椅上時，竟然也怔怔地看著遠方。雖然和火腿哥單獨在一起時很緊張，但有時候也會有完全相反的平靜心情，就像河底的石頭會隨著水流不時露出水面。不知道是因為他像雛人偶中模擬天皇、皇后的內裏樣一樣皮膚白淨，還是聲音平穩、說話彬彬有禮，即使我們從來沒有牽過手，即使我們之間保持了相當的距離，如果有熟人經過，也會以為只是兩個在等長途巴士的陌生人隨便聊幾句，但火腿哥身上散發出的平靜空氣包圍了我。

「妳有時候會像這樣凝望遠方，可以看到什麼嗎？」

「山後方的世界。雖然我很想去，但沒辦法去，所以只能想像。」

「妳可以去看看啊，要不要我帶妳去？」

火腿哥說，他就讀的高中就在山後方的那個城鎮，搭長途巴士不需一個小時就到了。我多年的夢想就這麼輕而易舉地實現了。星期天，我騙爸媽說要和同學一起去學校讀書，和火腿哥約在長途巴士站，一起搭上了長途巴士。這是我有生以來第一次搭長途巴士。小學和中學的畢業旅行都曾經有機會去城鎮以外的地方看看，但我兩次都在旅行的前一天發高燒，只好含淚請假，所以我一直以為我受到了詛咒，無法離開這個城鎮，也因此覺得只能在幻想的世界離開這裡，沒想到長途巴士在城鎮的兩個巴士站停車載客後，就駛向郊區的山路。長途巴士在蜿蜒狹窄的山路行駛，我原本下定決心，要好好欣賞沿途的風景，沒想到一路上拚命忍著想要嘔吐的感覺，雙眼只能緊緊盯著握在腿上的雙手。我果然受到了詛咒，惡靈糾纏著我，不讓我離開這個城鎮。我的臉上冒著冷汗，膝蓋不停地顫抖，但可能在深山山區沒有設站，巴士始終沒有停靠。正當我覺得胃裡的東西湧到喉嚨，想要大聲叫喊「讓我下車」時，火腿哥的手臂伸到我面前，為我打開了窗戶。涼爽的空氣吹進車內，我終於稍微舒服了一些。

「妳可以睡一下，到站時我會叫妳。」

我得知火腿哥察覺我想要嘔吐，覺得很丟臉，但還是乖乖閉上了眼睛，靠在椅背上，我覺得腦袋變輕了，意識和詛咒都立刻消失了。

我們在電車車站前的巴士站下了車，火腿哥去車站商店買了汽水給我，說暈車時喝這個會比較舒服，我們一起坐在商店旁的長椅上喝汽水。我第一次知道有暈車這種症狀。這時，列車駛進車站。這也是我有生以來第一次看到列車。雖然我狼狽不堪地從山後方的城鎮來到這裡，但我發現這裡只是比我住的城鎮稍微大一點的城鎮而已，並不是大城市，城鎮周圍還是被山脈包圍。我問火腿哥，越過那座山，是更熱鬧的城鎮嗎？他告訴我，那個城鎮和我們住的城鎮差不多，這裡是這一帶最大的城鎮，如果想去大城市，就必須從這裡搭很長時間的列車。

「我想我應該一輩子都會住在那個小地方，即使離開那裡，最多也只是來到這個城鎮而已。」

「這裡幾乎可以買到所有的東西，如果妳想要買什麼，可以告訴我。」

我再度想到火腿哥每天都要往返這麼長的距離，我問他需要花這麼長時間通學的學校是怎樣的地方，他立刻帶我去參觀了京成高中。現代化的穩重紅磚校舍，似乎象徵了這裡是優秀學生聚集的地方。假日也有社團來校活動，校舍內傳來吹奏樂演奏的聲音，棒球隊在校舍後方的操場上練習。

「火腿哥，你在優秀的學生聚集的學校當學生會幹部，代表你很優秀吧。」

「剛好相反，因為我不太優秀，所以其他同學都把雜務推給我。妳剛才叫我火腿哥，那是我的名字嗎？」

慘了。那只是我暗中叫他的名字，但因為我不知道他叫什麼名字，所以不叫他火腿哥，也不知道要怎麼稱呼他。他都直接叫我「妹妹」，我總不能叫他「哥哥」。

「……對不起。」

「沒關係，我很喜歡火腿哥這個名字。是不是把公一郎的公拆成兩個片假名時，剛好和火腿的發音相同？」

火腿哥笑著說道。我這才知道原來他的名字叫公一郎，但不好意思告訴他是來自他常買的火腿三明治和火腿麵包，只能默默點著頭。火腿哥也帶我去參觀了校舍，教室內窗明几淨，走廊的牆上掛著學生的油畫作品。我對他說，很羨慕他每天可以在這種地方上學，他說我也可以報考這所學校。

「妳很喜歡看書，這裡剛好有文藝社。」

我第一次知道還有文藝社這樣的社團。我問他，文藝社的活動內容是什麼，他告訴我說，社團活動時，成員會朗讀書籍，然後討論感想，也會自己寫詩、寫小說。我很驚訝在這種鄉下地方，除了我以外，還有其他人寫小說，而且還成為社團活動，更希望自己也能夠加入。

「但是，我不可能啦。我可能沒辦法每天都搭巴士上學，而且我也沒那麼聰明，今天你能帶我來參觀，就已經太幸福了。」

火腿哥並沒有繼續說服我報考京成高中，在學生會辦公室前，遇見了他的同班同學，那個同學調侃地問：「這個女生是誰啊？」火腿哥面不改色地說：「帶親戚的女兒來學校參觀一下，因為她現在讀中學三年級。」我忍不住有點失望。聽到那個同學對火腿哥說，你現在哪有閒工夫帶別人參觀學校？我才知道火腿哥是高三學生，也才發現在巴士站聽我說閱讀感想，以及在假日出遠門，都造成了他的困擾。

離開學校後，火腿哥帶我去了書店。剛好看到橫溝正史又推出了新作品，還看到有一大片江戶川亂步的作品，簡直是一個讓人陶醉的空間。書店裡有多少書，我就有多驚訝，但因為我瞞著父母出門，所以身上只帶了平時省吃儉用存下的零用錢，只買了橫溝正史的新作品，和一位叫松木流星的作家所寫的《霧夜殺人事件》。雖然是第一次看這位作家的作品，但書名有「殺人事件」幾個字，就令人充滿期待。火腿哥買了兩本江戶川亂步的書，但我忍不住為他擔心，他不是要準備考大學嗎？有空看小說嗎？

走出書店後，他又帶我去了文具店。我讀的那所中學對面也有一家文具店，但只是一坪多大的空間內陳列了基本的文具而已，這家文具店的空間足足有那裡的十倍大，而且商品也很豐富，有漂亮的鋼筆，還有皮革封面的筆記本，很多都是我從來沒有看過的精美文具。我買了信紙和信封，有的有可愛插圖，還有四周畫了爬蔓薔薇的進口信紙，每一款都很吸引我。和剛才在書店時一樣，我也東挑西選了很久，在徵求火腿哥的意見後，才終於做出選擇。我必須在傍晚之前回家，所以我們離開文具店去巴士站。火腿哥問我要寫信給誰，我告訴他，要寫給已經搬離這裡的同學，並把小野道代的事告訴了他，但省略了寫小說這件事。那時候我和道代持續通信聯繫，差不多每個月寫一封。

「道代現在在東京，你以後也要考東京的大學嗎？」

「我打算報考幾所學校，但我最想去讀北海道大學。」

北海道比東京更遠，我只知道那是北方很寒冷的地方。

「對了，妳家和北海道有什麼淵源嗎？」

我很納悶他為什麼問這個問題，但很快就想到是因為店名〈薰衣草烘焙坊〉的關係。

「非但沒有任何淵源，我爸媽和我甚至沒去過北海道。當初只是喜歡薰衣草這幾個字的語感，所以就用來當作店名。火腿哥，你為什麼想去讀北海道大學？」

火腿哥告訴我說，那所學校有一位他很想追隨的老師。因為我們是藉由書結緣，我以為他讀文科，沒想到他更擅長理科的科目。我聽了之後，更覺得不能再向他借書了。我打算告訴他，今天已經買了新書，他之前也借了很多書給我看，以後不用再借給我了，卻遲遲無法開口。即使不向他借書，他每天都會來店裡買麵包，所以並不是完全無法見到他，但還是會感到寂寞。我擔心自己會哭，決定下了巴士後，臨別時對他說這些話，然後直接跑回家。但在上車之前，我覺得不如在暈車之前先睡著，所以一上車就閉上了眼睛，當我再度睜開眼時，發現火腿哥背著我站在〈薰衣草烘焙坊〉門口。聽到我爸大聲喝斥：「妳在幹嘛？」時，我馬上嚇醒，從火腿哥背上跳了下來。原來剛才巴士到站時，火腿哥搖不醒我，只好把我背回來了。

「妳欺騙父母，到底去哪裡了？」

在爸爸的質問下，我坦承請火腿哥帶我去參觀了京成高中，還說因為知道那所學校有文藝社，所以對那所學校產生了興趣。我不想讓爸爸知道我只是想去看看山的另一邊是什麼樣子，而是有明確的目的，沒想到反而起了反效果。

「妳是麵包店的女兒，參加什麼文藝社。以妳的腦袋，讀這裡的高中就足夠了。況且如果是這樣，一開始就要老老實實說清楚再出門，還謊稱和女同學一起讀書，是不是做了什麼見不得人的事？」

爸爸說完，狠狠瞪著火腿哥，但即使遇到這種狀況，火腿哥也不慌不忙地鞠躬道歉說：

「對不起，未經你們大人許可就帶令嬡出門，但我想和令嬡交往，我是認真的。雖然目前我要考大學，令嬡也要考高中，並不是理想的時機，且我一旦考上大學就要離開這裡，不過，我在大學畢業後，仍然打算回來這裡工作，所以請你們那時候再回答，是否同意我和令嬡交往。」

爸爸和出來勸解的媽媽，還有我這個當事人都目瞪口呆，一句話都說不出來。火腿哥向我們鞠了一躬後，轉身回家了。

「他是哪一家的孩子？」

「是萬事通的兒子，聽說是個高材生。」

「高材生為什麼會看上我們家的女兒？」

「對啊，這孩子整天只會發呆。」

爸爸和媽媽看著火腿哥的背影說道，我在腦海中重溫著他剛才說的話，思考著令嫒是誰這種莫名其妙的問題。幾天後，火腿哥的父母也登門拜訪，火腿哥和我就變成了父母公認的關係，但我忍不住想，這樣真的好嗎？我的確喜歡火腿哥，但未來的事可以這樣輕易決定嗎？是不是完全沒有顧及我的意見？雖然在當時的情況下似乎無可奈何，但火腿哥在對我父母說那些話之前，如果曾經給我一些暗示，我或許就不會有現在這種感覺，所以我整天怔怔地看著山後方的後方，看著天空的遠方，似乎想要為自己的心尋找一個安身之處。

我考進了住家附近的高中，火腿哥也考取了第一志願的北海道大學。他離開城鎮的前一天，把所有的推理小說都拿來我家，裡面有很多作品我還沒看過，所以就和他約定，會寫信告訴他我的閱讀感想，同時報告近況。我爸爸雖然同意我送他去車站，但火腿哥擔心我會暈車，叫我送到巴士站就好。我們兩個人在發車前三十分鐘就到了巴士站，並肩坐在長椅上，肩膀幾乎都要靠在一起了。雖然我想提醒他小心別感冒，也有很多話要說，但淚水不停地流，所以我無法說出任何貼心話。火腿哥對我說，高中生活很快樂，三年的時間轉眼之間就過去了，還鼓勵我如果發現什麼興趣，要專心投入，學生生活就會更加樂趣無窮，還溫柔地握了我的手。

「我期待妳的來信。」

火腿哥說完，搭上巴士離開了。

我每個星期寫一封信給火腿哥，他每個月回我一封信，所以我不知道這算不算是通信。剛進高中時，有寫不完的事情。學校的情況、新同學的事，還有我讀的高中沒有文藝社，但我參加了新聞社，第一次寫的報導「柔道社女子主將擊退小偷始末」大受好評，以及麵包店來了一名新店員負責收銀台，人很漂亮，店裡的生意也很好，但媽媽心情很不好。因為我有太多事情要寫，等不及火腿哥回信，所以我在信末對他說，不需要每一封信都回覆，但不到半年時間，就沒什麼話題可寫了。並不是因為學校生活變得無趣，同學之間都經常聊戀愛的事，我比其他人會寫文章，所以大家都來問我怎麼寫情書，而且班上誰誰誰長得很帥，以及運動會時和誰一起跳土風舞都是當時感興趣的話題，只是這些內容不方便和火腿哥分享。聽到同學興奮地說，她今天和喜歡的男生四目相接，或是放學後一起回家時，我有時候會感到羨慕。不知道是哪裡傳出去的消息，曾經有人問我，是不是有未婚夫？我忍不住著急，什麼時候越傳越誇張了，但這種事也不方便告訴火腿哥。

火腿哥在信中介紹了大學的事、在北海道的生活，和他到北海道的那一天還有積雪，以及這裡和北海道的櫻花開花季節會相差一個月，還有他住的公寓有來自日本各地的學生，每天晚上，那些學生就會開始吹噓自己的家鄉。他簡直就像在外國留學，每一件都是我從來不曾體驗過的新鮮事，而且似乎永遠不缺寫信的話題。我有時候會眺望遙遠的天空，想像火腿哥的生活。火腿哥有時候會寄明信片給我，收到一整片紫色薰衣草出的明信片時，我也拿給爸爸、媽媽看，然後裝在相框內，放在收銀台旁。當我告訴他這件事後，他又寄來了鈴蘭的明信片。如果要用花來比喻妳，我覺得妳很像鈴蘭。他竟然在明信片上寫這麼令人害羞的話，因為是明信片，我很擔心被我爸媽看到怎麼辦，但在怦然心動的同時，我也回想起有關鈴蘭的知識。

差不多相同的時候，我也收到了道代的信。因為我要準備考試，而且也忙著寫信給火腿哥，所以和道代有點疏遠了，這次是相隔一年收到她的信。道代在信中說，她考進東京一所知名的升學學校，參加了文藝社。最近很受矚目的推理小說家松木流星也是那所學校的畢業生，學長、學姊中，還曾經有人的作品被松木老師修改過。她在信中提到的事，簡直就像是發生在另一個世界的夢幻故事。最後，她這麼寫道：

『雖然我因為愛看書而參加了文藝社，但完全沒有想到自己動手寫是這麼困難的事。繪美，想起妳之前一口答應了我的要求，寫了很多精彩的故事，不由得感到尊敬。妳現在應該還在繼續寫小說吧？我會好好努力，希望有朝一日，我們能夠分享彼此的作品。』

雖然我現在會在新聞社寫報導，但自從道代搬家之後，我從來沒有寫過小說。我現在已經不需要在麵包店負責收銀工作，晚上有充足的時間，火腿哥給我的書也全都看完了，我覺得可以試著繼續寫小說，但想到還要寫信給火腿哥，就打消了念頭。不過，我很快就想到一個好主意。我可以一點一點寫小說，然後寄給火腿哥看。雖然讓朋友，尤其是喜歡的人看自己寫的東西很害羞，但火腿哥並不是當著我的面看，而且也不會表達感想，目前和他之間保持了適度的距離。而且，我之所以想到要讓火腿哥看我寫的小說，是因為我想寫用鈴蘭殺人的事件。之前為道代寫小說時，曾經去圖書室查了有毒植物，我回想起鈴蘭是含有劇毒的植物。我把故事分批寄給他，當最後發現凶手用了鈴蘭的毒殺人時，不知道火腿哥會露出怎樣的表情。光是想像這件事就覺得很開心，當他知道鈴蘭的威力後，還會把我比喻成鈴蘭嗎？

我立刻開始動手寫名為《凌晨三點的茶會》的小說。我改變了寫作路線，不再像以前那樣以鄉下地方為舞台，寫一些遠離塵世的怪人牽涉到傳說、舊習俗的事件。這次雖然仍然以鄉下為舞台，但更具有現實味，沒有人能夠斷言相同的事情不會發生在自己身上。因為道代的信中提到了松木流星的名字。松木的作品被稱為社會派推理小說，作品中沒有推理小說中常見的驚悚，而是充滿了人性的可怕，讓人在閱讀的過程中，不斷思考萬一自己也陷入相同的狀況，不知道會有怎樣的感受，那是另一種閱讀樂趣。如果自己是加害人，會引發怎樣的事件？殺人？為什麼非殺不可？在怎樣的狀況下，像我這種平凡人也會產生殺機，然後付諸行動？會使用什麼手段？會不會猶豫？會不會尋求他人的協助？假設我獨自殺了人，會不會告訴別人？即使我不說，火腿哥或是像火腿哥那樣的人是不是會發現？像火腿哥那樣的人和主人翁是怎樣的關係？如果是盟友，就會如虎添翼；但如果是敵人……就會很可怕。

我在廣告單背後畫了書中角色的關係圖，決定了故事大綱後，影像就在腦海中浮現，我用文字記錄下來。連續寫了五天，在告一段落後，確認是否有錯字、漏字，表達方式是否有誤，或是有沒有奇怪的比喻，以及內容是否前後不一，然後謄寫在稿紙上，不多不少，剛好十頁。然後附上一封簡短的信，信上寫『我看完了所有的書，所以自己試著寫寫看』，貼上比平時更多的郵票，寄給了火腿哥。火腿哥可能很驚訝，距離上一封信才一個星期，又收到了他的回信。

『雖然才剛開頭，我已經深受吸引。不知道接下來會有什麼發展，我很期待後續的故事。』

這次回信的內容比他以前寫的任何一封信更令我感到高興。雖然之前就知道他不會罵我，但還是提心吊膽，擔心他會覺得我一個女生寫小說太狂妄，萬一他用委婉的方式對我說，有這種閒工夫，應該多學習如何下廚時，不知道該怎麼辦。得到火腿哥的稱讚後，我更加充滿自信，每天晚上都坐在書桌前寫小說，無論在學校或家裡，滿腦子都在思考劇情。我整天都恍神，無論學校的同學還是父母，都以為我在思念人在遠方的火腿哥。

「公一郎即使回來之後，看到妳整天魂不守舍的樣子，也會很受不了妳，然後又再度出遠門。」

即使媽媽這麼嚇唬我，我也完全不放在心上，整天都在思考小說的事。女主角因為父母欠錢，被迫訂了婚，然後用鈴蘭的毒殺死了未婚夫，想要和自己所愛的男人遠走他鄉。但是，精明能幹的刑警已經在車站等候……。目前已經決定了這些劇情，只是還沒有進入動手殺人的部分，也還在絞盡腦汁思考如何讓死者喝下鈴蘭的毒。可不可以像漂著玫瑰花瓣的紅茶一樣，讓鈴蘭花也浮在茶中？但鈴蘭到底是哪一個部分有毒？要殺死一個成年男子，到底需要多少分量？會不會有奇怪的味道？如果只喝一小口就可以斃命，即使味道有點奇怪也沒有大礙，如果必須喝下一整杯才會死，也許咖啡比紅茶更能夠掩飾怪味道，還是乾脆加在麵包裡？為了寫小說，要調查很多資料，也要想很多事。

每個星期寫十頁，只是在考試期間和校慶等學校有活動時就沒時間寫，我花了大約一年時間，終於寫完了《凌晨三點的茶會》。火腿哥首先稱讚我完成了四百頁稿紙的長篇小說，然後又說要收回之前把我比喻成鈴蘭這句話，最後問我，妳對這樣的結局滿意嗎？我直到最後一刻還在猶豫，但還是讓埋伏在車站的刑警逮捕了女主角。雖然我更希望她可以逃過刑警的追捕，和心愛的男人一起搭列車離開，但如此一來，這兩個人就會再度面臨各種考驗，故事就無法完結，反而變成了另一個故事的開始，有一種懸未而決的感覺。為了能夠體會看完推理小說後的那種暢快感，最後還是讓刑警逮捕了她，但我安排那個男人目送警車帶著女人離開時大聲呼喊，我會等妳。我覺得這句話很棒，只是火腿哥似乎並不覺得這是圓滿結局，但他也沒忘了寫上讓我看了很開心的話。

『妳還會繼續創作新作品吧？身為妳的頭號粉絲，我很期待。』

火腿哥是我的粉絲。有時候我會突然感到不安，不知道火腿哥到底喜歡我哪一點。他之前生活在鄉下城鎮，整天埋頭讀書，沒有機會和女生接觸，又剛好借書給我，所以對我產生了興趣，但上大學之後，周圍有很多聰明又漂亮的女生，他是不是很後悔當初許下了奇怪的承諾？當他稱讚我的小說時，這種不安也漸漸淡薄，我產生了奇妙的自信，姑且不論那些女作家，在火腿哥周遭，只有我能夠用故事的力量讓他興奮緊張。

即使升上二年級，只要一有空，我就寫小說，接連創作了第二部、第三部小說，也因此導致學校的成績慘不忍睹。如果火腿哥看到我數理科的成績，一定會嚇得昏倒，國文中的現代文成績還不算太差，但古文的部分糟透了。幸好我的父母並沒有太生氣，因為他們認定我畢業之後就會在麵包店幫忙，日後也會繼承這家店。即使和火腿哥結婚，火腿哥也說畢業之後要回來這裡，所以他們一廂情願地認為到時候我可以從新家每天來店裡幫忙。山後方的鄰鎮有一所烘焙專科學校，有一年的課程，爸爸認為在我畢業之後到火腿哥回來的一年期間，剛好可以去讀那所學校，所以還去拿了學校簡介。我告訴爸爸，我沒有自信能夠每天搭長途巴士上下學，爸爸同意我在學校附近找便宜的公寓，一個人在那裡生活，所以我毫不猶豫地決定走向父母為我準備，以及火腿哥在等待的那條路。當我告訴他專科學校的事時，他就像之前看到我的小說時一樣鼓勵我，說很期待吃到我烤的麵包。在專科學校學習做麵包，畢業後在〈薰衣草烘焙坊〉工作，然後成為火腿哥的太太，我似乎已經決定了人生的幸福方程式。

在我進入專科學校一個月左右時，收到了道代寄來的信。她說她考進了東京一所知名女子短大的國文系，然後又說很羨慕我可以獨立生活。當我帶著一絲優越感翻開第二張信紙時，發現上面寫了令人驚訝的事。她說目前成為流星老師家的管家兼徒弟，住在老師家中，將在求學的同時立志成為作家。雖然老師總共有五名徒弟，但除了她以外，其他都是男生，所以她在信裡表達了決心，一定要比其他人更加努力。曾經在鄉下和我一起當了兩年同學的道代，竟然和生活在另一個世界，簡直就像是存在於雲端的松木流星同住在一個屋簷下，並且成為他的徒弟。我已經不止是羨慕，而是覺得她太了不起了，好像道代也變成遙不可及的人了。想到她就是在松木流星家寫這封信，拿著信紙的手忍不住顫抖。道代在信中還這麼寫道。

『妳一直都在寫小說吧？如果妳不介意，我們要不要分享彼此的作品？』

我的作品怎麼敢在松木老師的徒弟面前獻醜？我正想寫信婉拒，但突然停下了手。接下來這一年，我必須認真學做麵包，所以沒時間寫小說。畢業後就要開始工作，更加沒這種閒工夫了，這就代表我可能再也沒時間寫小說了。既然這樣，不妨讓道代看看我寫的小說，作為我從此告別寫小說這件事。能夠讓未來的女作家看我的作品，不是一件榮幸的事嗎？於是，我改變了主意，回信告訴她，將在近日把作品寄給她，然後開始整理高中時代完成的那三部作品。之前為了能夠在重新看前面稿子的同時，繼續寫後續的內容，所以每次寄給火腿哥之前，都會先在新聞社的社團活動室內影印。當我在地址上緊張地寫上「松木流星老師代轉」，寄出包裹的當天，就收到了三本文集，《金絲雀》的標題下，印了道代就讀的高中名字。每一本文集中都有一篇道代寫的短篇小說，文字雖然很優美，但內容缺乏趣味，我忍不住有點失望，但轉念一想，覺得正式學習當作家的人，當然要先練習寫文章，我只是隨心所欲地寫長篇小說的外行人。我忍不住哈哈大笑起來，隨即頻頻拭淚。其實我內心太羨慕道代了。

專科學校附近就有一家書店。如今我只看書，已經不再自己動筆，但能夠在想看的時候隨時買到想看的書，這種生活也很奢侈。尤其松木流星的作品影像化之後迅速走紅，無論什麼時候走進書店，他的作品都排在最醒目的位置。在這樣的日子中，快放暑假的某一天，我接到火腿哥的來信，說他會在暑假的時候回來，參加日後回母校京成高中當理科老師的考試。那是三年半來我們第一次見面。我坐立難安，頓時覺得自己太邋遢了。立刻去了髮廊，買了一件新洋裝，想到他可能會來我的公寓，便把房間每個角落都打掃乾淨，買了可愛花卉圖案的布，做了抱枕套，又借用學校的烹飪室烤好麵包，直到火腿哥搭乘的電車抵達前一刻，我都忙得不可開交。

一見到火腿哥，我可能會立刻衝上去。傍晚時分，我站在車站的驗票口前等待火腿哥時這麼想道，看到一個皮膚白淨，瘦瘦高高的人走了出來。是火腿哥。我向前走了兩步，立刻停下腳步，因為那個人有點像火腿哥，又有點不太像。雖然他的身材很像火腿哥，但臉是長這樣嗎？我暗自思忖著，用眼光追隨著那個人，背後傳來「喂！」的聲音，「我在這裡啊。」回頭一看，這才是火腿哥，但和我熟悉的火腿哥完全不一樣。他的皮膚黝黑，肩膀也很寬。

「在北海道也會曬黑嗎？」

我在說「你回來了」之前，就忍不住這麼問道，火腿哥笑了笑，告訴我北海道也有夏天，只是那裡的夏天不像這片盆地，濕度不高。我問背了一個大背包的火腿哥，要不要立刻去搭巴士？他說想看看我住的地方，於是我帶他去參觀公寓。在慶幸自己打掃乾淨的同時，又覺得被他發現我事先做好了準備，願意在我一個人住的地方迎接他很丟臉，有點後悔沒有把暑假作業的報告紙放在桌上。之前從來沒有覺得兩坪多大的房間外加小流理台的房間狹小，但當我和火腿哥面對面坐在小桌前時，覺得好像兩個人被關在小箱子裡，很擔心自己緊張的心跳聲會被他聽到。火腿哥從背包口袋裡拿出一個小盒子交給我，說是送我的禮物，裡面是一個鈴蘭圖案的銀製胸針。

「沒想到妳竟然拿這個來毒死人。」

火腿哥說完笑了笑，然後問我：「有沒有寫新作品？」我搖了搖頭告訴他，專科學校的課業壓力很重，根本沒時間寫。火腿哥說有空再寫就好。我用辯解的語氣聲明說，因為想到可能會一起吃晚餐，所以就稍微多煮了一些奶油燉菜。火腿哥欣喜萬分，我又拿出配奶油燉菜的火腿麵包，其實那才是真正的主角。火腿哥連聲說好吃，甚至又添了第二碗。看著火腿哥吃火腿麵包，覺得當年自己一個中學生，叫比自己年長三歲，而且是第一次說話的高中生「火腿哥」，真是太沒禮貌了。他為什麼會喜歡我？我終於鼓起勇氣，問了我一直感到疑惑的事。他輕易地回答說，因為他喜歡我的臉。我的長相很普通，到底哪裡值得他喜歡？

「有時候突然發現妳在凝望遠方，我很喜歡妳那時候臉上的表情，完全感受不到被封閉在鄉下城鎮的悲壯感，難道妳沒有發現自己的臉上充滿夢想和期待，讓人很想要從妳的眼中仔細看清楚，妳的腦袋裡到底看到了什麼。」

我完全沒有發現。在鏡子中看到自己的臉時，也從來不覺得自己臉上有這樣的表情，父母和朋友經常說我在發呆，卻從來沒有人對我說過像火腿哥剛才說的那些話。

「我想看看妳腦袋裡所描繪的東西，所以就帶妳出門，發現妳無論看到什麼都一臉興奮，我很希望帶妳去看各式各樣的東西。」

我終於知道火腿哥帶我去山後方的城鎮的原因了。

「但是，我會暈車，畢業旅行的前一天也總是發燒，無論去哪裡，都會造成你的困擾。」

「不必擔心，可以請醫生開止暈藥，如果止暈藥沒效，也可以開安眠藥，妳可以在車上睡覺。遇到必須走路的地方，我可以背妳。這點小事根本不算是困擾，我平時打工是做土木工作，所以根本小事一樁，當妳醒來時，就到了目的地，我想要看妳那時候臉上的表情。」

「……我可能正在思考殺人事件。」

「那更加歡迎。」

火腿哥曾經帶我去山的後方，他會繼續帶我去看下一座山的後方，以及下下一座山的後方。在越過重重山脈後，一定是有海的地方。他也會帶我去海的那一邊嗎？

「那你以後要帶我去北海道。」

我伸出小拇指，「一言為定。」火腿哥和我打勾勾。

那天晚上，火腿哥沒有去搭巴士。

春暖花開時，火腿哥和我都回到了從小出生、長大的城鎮。火腿哥如約來到我家正式提親，等九月我滿二十歲後，就要舉行婚禮，在此之前，我們都各自住在自己家，我在〈薰衣草烘焙坊〉和爸爸一起做麵包，火腿哥開著他新買的二手車翻山越嶺，去京成高中上班。他每天早晨上班前都會來店裡，我對他說：「路上小心」，把剛出爐的火腿麵包和火腿三明治交給他。火腿哥偶爾會在下班時帶書給我，所以我的生活並非完全遠離了推理小說，但對我來說，小說已經變成純粹閱讀的對象，自己不再寫了。松木流星仍然是雲端的人，自從上次寄小說給道代，她回了一封簡短的信，說我的小說很精彩之後，我們就漸行漸遠，沒想到快暑假時，再度收到了道代寄來的信。

她在信中首先提到即將搬離松木老師的家，因為她和出入老師家的編輯有了肉體關係，被老師發現後，把她逐出了師門。道代因為遲遲寫不出長篇小說，對自己的才華失去了信心，在和編輯討論如何向老師啟齒的過程中，才會和編輯發生肉體關係，所以即使被逐出師門，她並不會感到哀怨，只是即使不再是老師的徒弟，但在找到接手的管家之前，她仍然必須留下來照顧松木老師，所以問我是否有意願去當老師的管家，而且松木老師也已經看過我的作品。

『松木老師對《凌晨三點的茶會》讚不絕口，他說只要稍微修改幾個小地方，就可以立刻出版。他不僅希望妳來當管家，更希望妳成為他的徒弟。雖然我有點不甘心，但妳果然有才華，希望妳能夠把握這個機會，日後成為職業推理小說家，請妳務必慎重思考。期待妳的好消息。』

我懷疑自己在做夢，完全無法理解信中所寫的事，反覆看了好幾次。松木流星願意收我為徒，而且《凌晨三點的茶會》有可能付梓。我寫的文字將會變成鉛字，成為一本書，陳列在日本各地的書店。我將會成為作家……。內心湧起熱切的渴望，想要馬上整理行李衝出家門，但這種心情很快就在內心平靜下來。我根本不可能去東京。我要嫁給火腿哥了，而且還有麵包店的工作，但是……，內心的熱切渴望無法輕易消失。一本也好，我希望自己的書問世，只要一本就夠了。如果我只出一本，火腿哥也許能夠諒解，也許願意等我回來再結婚。我要拜託他等我三年，拜託他同意我去追尋自己的夢想。

但是，火腿哥並不同意。我不知道該怎麼向他說明，只好請他來麵包店，在二樓我的房間內，讓他看了道代寫給我的信。我跪坐著低頭拜託他，請他給我三年的時間，我希望可以出版一本自己的作品。「開什麼玩笑！」雖然他的聲音很平靜，但明顯帶著怒氣。「拜託你。」我深深鞠躬，額頭幾乎碰到了榻榻米，火腿哥仍然沒有回心轉意，但是，他並沒有徹底否定，而是叫我抬起頭，像學校的老師在訓斥學生般說：

「我之所以表示反對，並不是不想看到妳出書，而是我不相信這件事。松木流星愛玩女人出了名，八卦傳聞不斷，連他自己也曾經公開承認，這是寫出好看小說的能量。聽說他身邊的女人，沒有一個不被他搞上床的。我怎麼可能讓妳去這種人的身邊？妳寫的故事的確很好看，但如果問我願不願意花錢買這種故事，或許我說話比較難聽，我不認為已經達到了那種程度。道代之所以想要妳去接替她的工作，是不是因為她想要早日擺脫那個環境？更何況為什麼徒弟和編輯有了肉體關係，就要被逐出師門？正因為他們之間也是這種關係，所以松木流星才會惱羞成怒吧？說得極端一點，為了出書，妳願意把自己的身體也奉送給松木流星嗎？如果妳這麼想要成為作家，那妳可以去，但我不會等妳。」

我不知道為什麼感到難過，只知道淚水湧上心頭，無法停止嗚咽。我不停地哭泣，父母擔心地進來察看發生了什麼事。火腿哥問我，可不可以讓他們看那封信。事到如今，我只能期待父母能夠了解我，所以輕輕點了點頭。

「很抱歉，我無法同意這件事。」

火腿哥說完，把信遞給了爸爸。不一會兒，爸爸大聲地說：

「妳在幹什麼蠢事？妳怎麼可能成為作家？這種連小孩子都知道是詐欺的事，妳竟然信以為真，拜託公一郎讓妳去？妳這個蠢貨！」

爸爸從背後踹了我一腳，火腿哥和媽媽慌忙過來勸阻，媽媽連聲對火腿哥說對不起，到底是為爸爸動粗說對不起，還是因為女兒太笨了呢？八成是後者，雖然他們從來沒有看過我的作品。

「算了。」

雖然我也搞不懂什麼事算了，但這句話很自然地脫口而出。算了。我又說了一次，真的覺得一切都無所謂了。當我大聲地叫著：「算了啦」，夢境變成了霧靄，漸漸消失了。我再度面對火腿哥說：「對不起」，然後拿著信走去廚房，用瓦斯爐的爐火燒了那封信。我始終不願放開已經燒起來的信，火腿哥抓住我的手，放在水龍頭下，用力擰開水龍頭，黑色的灰渣和水龍頭的水一起被吸進了黑暗的洞。我看著這一幕放聲大哭，火腿哥溫柔地抱著我。

隔天早晨，我繼續做麵包，送火腿哥出門上班，和往常一樣。火腿哥在臨走前對我說：「今天晚上，我們一起吃晚餐。」我回答說：「我會做好吃的奶油燉菜等你。」他伸出小拇指，我們勾了手指，他才出門上班。工作時，爸爸和我都一言不發，分頭做各自負責的麵包。這樣就好。我在腦海中不斷重複這句話，揉著白色柔軟的麵糰。

幾天後，媽媽叫我下午代她辦事，我要在三點提早結束工作出門。媽媽叫我穿得像樣一點，我換上了前一年買的洋裝，打開首飾盒……立刻看到火腿哥送我的胸針。他用那麼可愛的花來形容我，我竟然用這種花的毒來殺人。雖然我從來沒有喝過酒，但想到可以謊稱是鈴蘭酒，把鈴蘭混入威士忌中的方法時，有一種醍醐灌頂般的爽快感。不知道松木流星怎麼看這個詭計？會嘲笑我說，這種騙小孩子的把戲根本行不通嗎？即使這樣也沒關係，我希望和他見一面，聽他親口評論我的作品，哪怕只有一句話也沒關係。更何況松木流星根本不知道我長什麼樣子，搞不好我奇醜無比，他說願意收我為徒，是否可以自戀地認為真的是欣賞我的作品？火腿哥或許會帶我去山的後方，或是去海的另一邊，但無法讓我看到天空彼岸的世界。讓我做一次偉大的夢也無妨，我希望能夠實現這個夢想也是無可厚非，眼前是唯一的機會。

我把胸針別在胸前，把存摺和印章放進皮包後走出家門。我出門了。我向媽媽打招呼後，拿著包裹走出家門，送到目的地後，我去附近的巴士站搭巴士。我打開窗戶，用力吸著空氣，讓空氣進入腦袋深處，對抗著不時想要嘔吐的感覺，總算在車站前的巴士站，靠自己的雙腳下了車。我用力深呼吸，想要趕走暈車的感覺，然後雙手拍了拍臉頰，走向售票處——。

火腿哥站在那裡，就好像知道我會來這裡一樣。

*

這個故事沒有後續，難道是任憑讀者想像後續的發展嗎？雖然在忙碌的日常生活中，根本無暇思考這種事，但沒有結局的故事，或許可以成為良好的旅伴。

往過去，往未來

凌晨零點三十分，渡輪出航了。

日本海飛翼渡船「向日葵」（全長兩百二十四點五公尺，總噸數一萬六千八百一十噸，航海速度三十點五海浬）載著約七百名旅客，和卡車、轎車、機車，離開了舞鶴港，出發前往小樽港。

渡船預計在下午八點四十五分抵達，這是一趟二十小時又十五分鐘的長途船旅，但我上次搭乘時要三十個小時，如今已經整整縮短了十個小時，可以從中感受到極大的進步。回首二十年的歲月，覺得只是轉眼瞬間，但其實是很多小事不斷累積，一切都在不知不覺中變了樣。

上次是清晨六點抵達。渡輪即將抵達時，來到甲板上，發現天空已經漸漸泛白，看了日出之後才下船。當年才十五歲的我在海上看日出，覺得人海把自己和太陽連在一起，只要沿著海上筆直向地平線前進，就可以走到太陽。

如今三十五歲的我不知道會有怎樣的感想。這次為了能夠在海上看日出，必須在四個小時後起床。雖然有機會看到日出，但在北海道上岸時的心情應該和上一次不一樣。

在看到新的一天造訪後踏上北方大地，展開旅程時，會覺得好像來到一個嶄新的世界。

家裡是不是還有一個繼續留在日常世界的我，正在床上睡得很香甜，一到七點，就會被母親叫起床，抱怨著：「一大早就這麼熱」，然後去圖書館準備考試？所有的煩心事都交給她就好，我在幻想的同時，忘記了現實，投入旅行的世界。

還會有相同的心情嗎？那時候的想像力真豐富。可能是對以前的自己產生了憐愛，雖然因為無法確認而感到遺憾，但也很期待日落之後的北方大地不知道會怎麼迎接我。

為了迎接日出，趕快睡吧。

上次是和其他旅客一起睡在十個人的榻榻米大房間，這次住在有床鋪的船艙間。雖然我希望盡可能按照二十年前的方式旅行，但必須遵守隆一提出的條件，為了脆弱的同行者和我自己的身體著想，所以要住在能夠好好休息的空間。

住在船艙間的另一個好處，就是可以像現在這樣，不必在意旁人，打開燈寫日記。雖然我旅行的次數已經數不清了，卻是第一次寫日記。回憶都留在記憶中，但這一次必須留下文字記錄，而且也會留下很多照片和錄影。

因為這是我第一次和新的家人一起旅行——。

家人有兩種，分別是原生家庭和自己建立的家庭成員。

二十年前的那趟船旅是和前者的家人，也就是父母和我三個人一起旅行。

從我懂事的時候開始就很少見到父親，父親和母親都在電視台工作。因為父親在東京上班，母親在大阪上班，所以父親留在東京，只有我和母親同住。父親每三個月回家一次，每次在家停留的時間不會超過三天，有時候甚至超過半年都見不到他。

當初我以為全天下的父親都一樣，所以並沒有感到寂寞。由於母親經常告訴我，電視上的某個節目是爸爸製作的，我可以感受到他的存在，這應該也是我不會感受到寂寞的原因之一。上了小學，學會認字後，每次都很期待在片尾字幕中尋找父親的名字，經常揉著發睏的眼睛，盯著電視看那些大人才懂、我完全無法理解內容的連續劇。

有一次母親對我說，她會把節目錄下來，我仍然據理力爭，說感覺完全不一樣，在播出時看到父親的名字，就好像直接見到了父親，但如果看錄下來的節目，感覺只是在看父親的照片。

母親聽了我這番話，以為我很思念父親，所以聯絡了父親，叫他務必趕回來，即使當天來回也沒有關係。父親抱了一個很大的熊娃娃回來，他眼睛下方的黑眼圈卻像貓熊眼。我內心倍感愧疚，因為我根本不是這個意思。

小時候，父親在我心目中並不是活生生的人，可能只是笹部利朗這四個字。直到中學三年級的夏天之後，在想到父親時，我才不再想到文字，而是想到有血有肉的人。

——我們去北海道！

父親相隔三個月回到家，一進家門就這麼說……。

鬧鐘響鈴的同時，我立刻抓起放在枕邊的手機坐了起來。

我在只亮了一盞小燈的微光中打開手機，確認已經四點三十分，但不知道該按哪一個按鍵停止鈴聲。

如果隆一看到我這個樣子，一定會忍不住苦笑。結婚兩年，每天早晨，無論手機的鬧鐘鈴聲開得多大聲，都是隆一先起床，雖然是我的手機，我卻從來不曾自己關掉鬧鐘的鈴聲，每天都是隆一關掉鈴聲後把我搖醒。這是我在日常世界的習慣。

但今天很快就醒來了，難道是因為知道沒有人會叫我嗎？不，我在旅行時，向來都很早起。

還是我根本沒睡著？我好像做了關於父親的夢，但也許只是閉上眼睛，在腦海深處一直想著父親的事。我胡亂按了按鍵，鈴聲終於停止了。

我換了衣服。雖然已經是七月，但日本海上的空氣很冷，如果穿短袖去甲板上，一定會冷得發抖。我換上短袖T恤和牛仔背心裙，再穿上厚襪，套上一件冬天穿的連帽夾克。確認背包內的東西後，斜背在身上，走出了房間。

船頭和船尾都有甲板，看日出當然要去船頭。

我的船艙間在四樓，甲板在五樓，我走上階梯，推開了沉重的門後走了出去。東方的天空微微泛白，風很大，雖然亮著數盞燈，但走向船頭時，光就照不到了。我扶著欄杆，以免跌倒，慢慢走向東側可以看到海平面的位置，發現那裡已經有不少人，兩隻手都數不完。

大家應該都是為了相同的目的。在日常的世界，日出是理所當然的現象，除了元旦那一天以外，誰都不會太在意日出這件事。但在旅行的世界，即使是理所當然的自然現象，一旦搭配陌生的風景，以及和平時不同的心情，就會變得新鮮而特別。

看日出很花時間。如果要從漆黑的天空開始泛白就等待，夏天的時候，凌晨三點就得準備，但要等將近兩個小時後，才會看到太陽露臉。
為了避免身體著涼，我選擇在太陽快要露臉時等日出，但大部分人應該更早就開始等待。一群大學生圍在一起，中央的地上有許多空的零食袋和啤酒空罐，好像剛結束狂歡。年輕、健康，有相同目的的人聚在一起，即使需要等待很長的時間，也成為樂趣的要素之一。
可能還要再等一段時間才會日出，有沒有可以坐下來休息的地方？
「妳要不要坐？」
我在甲板上巡視時，一個身穿ＰＵＭＡ運動服，看起來像中學生的女生問我。她背對著船頭，靠著欄杆坐在那裡，然後稍微向右挪了挪，為我騰出了空位。
「太謝謝了。」
我坐下來時，還可以感受到她留下的餘溫。
「妳等了多久？」
「從三點半左右。」
「一個人嗎？」
她身旁有一個不到三十歲的年輕男人，但和另一側的女人很親暱地坐在一起，所以應該不是她的朋友。
「既像是一個人，又不像是一個人……。嗯，反正就是這種感覺。」
她沒有正面回答，臉上帶著笑容，並不覺得她在煩惱，但搞不好她正離家出走……。她只是旅途中遇見的人，探聽他人的隱私太沒禮貌了。

「那……姊姊呢？嗯，這樣叫好像有點奇怪。」

「我叫智子。」

她似乎不知道該怎麼稱呼我，我主動報上名字。

「我叫萌。智子姊，妳一個人旅行嗎？」

「不，兩個人。」

「和妳老公嗎？」

雖然戴了戒指的手放在口袋裡，但小萌之所以認為我已婚，顯然是在微光中發現我的肚子微微隆起，所以才會和我分享她一大早占到的位置，還讓我坐在被她的體溫加熱過的地方。

「不，我老公沒有搭這艘渡輪，和我同行的是這孩子。」

我把手從口袋裡拿了出來，緩緩摸著肚子。

「原來如此，是指這樣的兩個人。等孩子出生後會很辛苦，所以趁現在好好享受自由嗎？」

她的發言好像是過來人。

「妳身邊也有人懷孕嗎？」

「我表姊半年前生了小孩，她整天抱怨，原本以為懷孕期間最辛苦，沒想到生下孩子後，才發現整天照顧寶寶更辛苦，根本沒辦法做自己喜歡的事，連她最愛的電影也只能忍耐不看，早知道應該在懷孕期間拚命看電影。」

「是喔，原來生了孩子後，會有這種感覺。」

「啊，但她並沒有很哀怨啦。」

小萌慌忙補充道。聽說她的表姊整天都在為寶寶錄影，說要在數十年後，在小孩子的婚禮上播放，周圍的人都很受不了。

我聽著小萌說這些事，感到羨慕不已。

「搞不好我比妳的表姊更會拍，因為我從懷孕的時候就開始做這件事。在搭這艘渡輪前，我也架好三腳架，拍到了『向日葵』三個字，對著鏡頭說，我要去北海道了。日出當然也不能錯過。」

我向小萌打了一聲招呼後，從皮包裡拿出錄影機，裝在三腳架上，確認海平面的位置後，按下了錄影鍵，再度坐了下來。

「等寶寶長大之後一起看，一定很愉快。」

「是啊。」我笑著回答。

天空漸漸明亮，就像水滴滴落在藍色的顏料中。水平線上飄著雲絮，但隨著天漸亮，雲的高度也上升了。只要再稍微等一下，在太陽露臉之前，那些雲應該就會消失在天空中。

坐在小萌身旁那對情侶中的女生輕輕打了一個噴嚏，男生立刻摟著她的背，為她帶來溫暖。

「妳會不會冷？我去自動販賣機買可可亞，妳有沒有想喝什麼？我順便幫妳帶過來。」

小萌起身問道。

「那麻煩妳幫我帶熱紅茶。紅茶或是奶茶、檸檬紅茶都可以。」

我從皮包裡拿出零錢包。
「不用給我錢。」
「這可不行，出門在外，必須由年長的人請客。」
我遞給她五百圓，小萌道了謝，跑去船艙內的自動販賣機買飲料。雖然她很在意日出，但還是關心我的身體，甚至說是自己想喝可可亞。
真希望妳也可以像小萌一樣貼心。我把手放在肚子上，肚子裡的寶寶動了一下，好像在回答我：「知道了。」
小萌買了奶茶回來後，也把找零的錢還給了我。我們用買來的飲料暖和了手和臉頰，同時打開拉環，碰杯後喝了一口，身體頓時溫暖起來。不光是因為奶茶的關係，而是海平面出現了一道橘光。
那是太陽即將現身的信號。甲板上的人同時歡呼起來。
「只是一道光，就可以那麼溫暖。」
我看著那道光嘀咕道。「是啊。」小萌回答。橘色越來越濃，變成了朱色。越來越濃，越來越濃……。太陽變成了鮮紅色，微微探出頭。歡呼聲更響亮了，我確認錄影機的中心對準了一小片太陽。
小萌巡視甲板，點了點頭說：「太好了！」小萌的同行者也來了嗎？如果是這樣，應該會想要一起欣賞，分享這份感動，但小萌仍然坐在我旁邊。
害羞的太陽一旦露了臉就很乾脆，像是從舞台下方粉墨登場的主角一樣，大搖大擺地現了身，向大海、向天空綻放出強烈的光芒。

「我可以看錄影機嗎？」小萌問。

「請便。」

我雙眼盯著太陽回答，我覺得隔著鏡頭看眼前的景色太可惜，甚至不想眨眼睛。站在甲板上的大部分人都是如此吧，在太陽現身時，每個人都歡呼著，但如今全都屏息斂氣。不時響起用手機和照相機拍照的聲音，有一半是想要留下眼前的美景，另一半是想要分享給不在這裡的某個人。

剛誕生的光藉由眼球，溫暖了身體深處。

要記住這個光喔。我輕輕摸著肚子。

海平面上圓圓的太陽發出萬丈光芒，清晰地現身，新的一天開始了——。

回到船艙間，確認了錄影機，開始寫日記。太陽比肉眼所看到的更大，顏色更鮮豔。走回船艙時，我回想起小萌剛才對我說的話。

——智子姊，妳很會拍耶，可以拍出不輸給電視的紀錄片喔。妳曾經去專科學校之類的學校學過嗎？

我從來沒有正式學過攝影。我在大學讀的是經濟系，之後在銀行任職。只有和父親一起去北海道旅行時，他曾經教我怎麼拍攝。

父親之前甚至沒帶我去過當天來回的旅行，突然說要去北海道，我驚訝不已。經濟不景氣，電視的新聞節目連日報導知名企業決定裁員數百人，所以我懷疑父親也被公司開除了。

我不經意地問父親，父親笑著說，他工作了二十年，所以有一個星期的特別休假，我才鬆了一口氣，也立刻提出想要去夏威夷，但父親合掌拜託我，要我陪他和母親去他們當年相識的地方。

父親剛進公司時，被分到東京總公司的報導部門，根據線報得知，某起命案的凶手躲在北海道，於是出發前往當地採訪，沒想到得了流行性感冒，結果在大阪分公司報導部門的母親趕去支援。

——那起命案很悽慘，最後發現了凶手自殺的屍體，簡直是最糟糕的結局，但周圍鮮豔而壯觀的風景似乎在說，絲毫不會受到人類所發生的事件影響，於是我希望下次一定要再度造訪，而且不是為了工作，沒想到十七年就這樣過去了。

——既然這樣，你和媽媽兩個人去就好了啊。我已經是可以一個人留在家裡的年紀了，還是個要準備考試的考生。

我貼心地提議道，父親不答應。

——妳這個小傻瓜，爸爸是希望帶妳去看看那片風景。

前往北海道時之所以選擇搭渡輪，是因為他們當初結婚時，曾經約定以後要搭豪華客輪出遊。日本海飛翼渡輪雖然稱不上是豪華客輪，但母親提議，既然機會難得，就順便搭船旅行。

二十年前的夏天，我們一家三口，從舞鶴港搭日本海飛翼渡輪「新向日葵」號，啟程前往北海道。遺憾的是，那時的渡輪已經退役了，所以我訂了少了一個「新」字後，名字仍然相同的

「向日葵」號。

雖然父親說不是為了工作，還是最先把攝影機放進皮包。當時的攝影機不像現在那麼小，一隻手就可以拿，但父親整天都背在肩上，每次看到喜歡的風景，就叫我拿著攝影機，然後告訴我要拍那裡，並和我一起看著鏡頭，發出各種指示。

我親手拍下父親雙眼捕捉到的景象，漸漸掌握了訣竅，但父親當初之所以那麼做，並不是為了向我傳授拍攝的技術。

他想要留下我們父女曾經擁有相同感動的證明。

我在商店買了三明治和蔬菜汁，再度來到船頭的甲板。

渡輪上雖然有一間大餐廳，但今天的天氣不錯，我想要看著大海吃早餐。甲板上有很多簡易桌椅，我找了空位坐下來吃早餐。

不知道是不是很多人看完日出後去睡回籠覺，甲板上沒什麼人。剛才位在海平面正上方的太陽，已經爬到了天頂附近。陽光很強烈，難以想像清晨時那麼冷。放眼望去，雖然只能看到日本海和天空，仍然可以感受到目前是夏季。只是把連帽夾克的袖子往上捲起還是很熱，但風太大，如果脫掉夾克，只穿一件短袖T恤又太冷了。

雖然在這種環境下吃的早餐稱不上優雅，但因為在藍天下，食慾比平時更加旺盛，心情很好地吃完了早餐。

我走回房間，想去換一件薄一點的開襟衫。

放在床邊的手機在閃爍，隆一傳來了訊息。

『身體情況如何？』

『我和寶寶都很好。』我回覆道。

我把手機和日記放進皮包，走出房間。這次我走向船尾的甲板，那裡有幾張長椅，但沒有人。我面對大海，坐在正中央的長椅上，那裡簡直變成了我的指定座位。

渡輪吐出的白色泡沫在藍色大海上拉出一條長線。隆一回訊息給我。

『代我向小不點問好。』

隆一叫肚子裡的寶寶小不點，我則稱為寶寶，不知道還能用這個名字叫她幾次。從超音波檢查中，已經知道是女兒，但我們還沒有取好名字。我們各想了好幾個，只是沒有令人眼睛為之一亮的名字，所以在正式決定之前，就用各自喜歡的方式稱呼。

但是，我很希望可以趕快呼喚她的名字。

雖然我有預感，會在這次的旅行中想到一個不可多得的好名字，但問題很快就產生了。看到日出時，我覺得「曉子」很不錯，如今看著眼前這片蔚藍的大海，覺得取一個與大海有關的名字也不錯。紺碧色的「碧」怎麼樣？還沒有在北海道上岸，候補名字就接二連三地浮現。

看了小樽的夜景之後，欣賞了富良野和美瑛的花田之後，看到道東的湖之後……。

到時候有沒有辦法從其中挑選一個？

「咦？智子姊。」

回頭一看，發現小萌站在那裡。

「啊喲，早安，說早安好像有點奇怪。」
「妳不睏嗎？」
小萌走了過來，一臉神清氣爽地問道。
「雖然我愛睡懶覺，但醒了之後就睡不著了。」
我在回答時，收起了攤在腿上的筆記本，身體從長椅的中心向旁邊挪了挪，示意她坐下。
「打擾了，」小萌坐了下來，「我也一樣，但搭船真的好無聊喔。智子姊，妳在這裡幹什麼？」
「在看大海，寫日記。」
我指著腿上的筆記本。
「太猛了，除了錄影以外，竟然還用文章記錄旅行的事。」
「不是記錄那麼正式，只是簡單地寫下看了H出，或是早餐吃什麼。像妳這種年紀的年輕人，不是都會在手機上寫這些內容傳給朋友嗎？」
「我這個人……很怕麻煩，雖然有手機，但一直放在包裡。」
原本以為十幾歲的孩子整天手機不離手，沒想到也有例外。我假裝沒有察覺小萌臉上掃過的一絲陰霾，決定用這種方式解釋。
「這才是正確的行為。既然出門旅行，就不要緊抓著和日常生活有關聯的東西不放。」
「是啊。……但是，妳老公心胸真開闊。」
「為什麼？」

「因為他竟然同意讓懷孕的太太獨自出門旅行，啊，妳不是一個人呢。我表姊是先有後婚，所以甚至沒去蜜月旅行，妳沒問題嗎？」

隆一當初並不是一口答應。

「目前已經進入安定期了，而且也請教了醫生的意見，醫生也同意了。更何況包括在船上在內，我和寶寶只是單獨旅行三天而已。」

「妳到了北海道就立刻回去嗎？」

「不，會和我老公會合。今天晚上到小樽後住一晚，明天經過札幌，前往富良野，後天在旭川的飯店和他會合。之後我們再一起去道東住三個晚上，從帶廣搭飛機回去。」

「所以是一次旅行，同時享受多種不同的樂趣嗎？」

「因為我老公能夠請假的天數有限，他希望往返都搭飛機，但我一直吵著說無論如何都想搭船，他在無奈之下只好同意，所以才變成用這種方式旅行。」

「但妳老公真的很寬宏大量。」

「謝謝。」

因為小萌不停地稱讚，所以我有點在意她的父母，尤其是她的父親是怎樣的人。打聽一下年紀的話應該沒問題吧？她旅行有什麼目的？要去哪些地方？也許她期待我問她。

……我感覺到腋下流著冷汗。

「對不起，一直坐在陰影下，好像有點冷，可以換一個地方嗎？」

「好啊，船頭甲板上陽光很充足，也有很多地方可以坐，最主要是心情會很好。」

小萌站了起來，我單手扶著長椅，「嘿喲！」一聲，準備站起來。……眼前頓時發黑，腦袋裡的東西好像一下子被抽空了。我立刻坐了下來，閉上眼睛，調整呼吸後，才慢慢張開。

「妳還好嗎？」

「應該是貧血。孕婦很容易貧血，不必擔心，我帶了藥，回房間休息一下就好了。」

「那我送妳回房間。」

我請小萌幫我拿東西，扶著牆壁，回到了房間。如果是隆一在身旁，搞不好會叫急救直升機，強制結束這趟旅行。我想讓寶寶看的，並不是只有渡輪上的風景而已。

在抵達之前，還是乖乖休息好了。

小萌說要幫我買飲料和輕食，我請她順便幫我買一本文庫本的書。出門旅行，沒必要特地做一些在家也可以做的事，所以我沒有帶書，但既然要在床上躺半天，就希望可以利用這段時間看書。

在商店買早餐時，我發現店裡有好幾本松木流星的短篇小說。他是在昭和中期很活躍的推理小說家，但我對小萌提到這個名字時，她立刻就知道了。電視上經常有名為「松木流星推理劇場」的兩小時單元劇，至今每年仍然會播出兩、三部，今年是他去世三十周年，所以文庫本也包上了書腰，放在貨架醒目的位置。他是跨越時代的當紅作家。

我是在讀中學之後，才開始看松木的作品，因為父親曾經負責過幾部根據他的作品改編的電視劇。

——菜鳥刑警葛城根據生前是巡查的父親提供的線索，把凶手逼入絕境的情節明明很棒，為什麼改成葛城有一個女朋友，插手干涉那起案子，然後發現了線索，這樣的劇情安排簡直太莫名其妙了。

偶爾見面，我這個女兒就會批評他製作的作品。父親總是一邊喝著酒，一邊安慰我說，因為大人的世界有很多無可奈何的事，但之後聽母親說，其實父親也不願意輕易妥協，而且很高興我這個女兒和他對作品有相同的觀點。

他總是說，要拍出能夠讓智子接受的片子。

小萌回來了。

「讓妳久等了。」她把裝了運動飲料和飯糰的袋子放在床邊，把文庫本的書交給我。

「只有短篇集，沒問題吧？」

「嗯，長篇小說的話，半天來不及看完，而且我現在也不能用眼過度，短篇剛剛好。商店裡有很多人嗎？」

她只買了這兩樣東西，似乎時間有點久。

「不，沒有太多人，但我回去船艙間拿東西了。」

小萌打開連帽衫的拉鍊，拿出藏在肚子前的A4大小牛皮紙信封。

「如果妳有時間，可以看一下這個。」

我接了過來，裡面有差不多二十張左右稿紙，A4影印紙中央橫向印著《天空的彼岸》，右側用黑色繩子綁了起來。我隨手翻了一下，發現印滿了直書的文字。

「小說嗎？」

「對。」

「是妳寫的嗎？」

「怎麼可能？……是我的表姊送我的，啊，但也不是我表姊寫的，因為我很希望妳看一下，所以才帶過來。」

「為什麼希望我看？」

「因為裡面也提到了松木流星。……會不會造成妳的困擾？」

「不會，聽起來很有意思，但不知道在抵達小樽之前能不能看完。」

「不必還我，如果妳覺得帶在身上太重，看完之後可以丟掉。……但是，如果妳覺得很好看，請妳轉送給別人。」

「好啊。」我決定收下這本短篇小說，再度向從早上就一直照顧我的小萌道謝，她說了聲：「沒什麼好謝的」，然後就一溜煙跑了出去。雖然我不會去追她，但希望在下船之前可以再度遇到她。

我把文庫本放在床邊，豎起枕頭，調整好閱讀姿勢，翻開了印著《天空的彼岸》那一頁。

主人翁繪美住在深山的小城鎮上，開麵包店的父母全年無休地工作，所以繪美從來沒有離開過城鎮，每天都想像著山脈後方的世界。有一次，轉學生道代建議繪美可以寫小說，道代看了她寫的小說後，覺得很好看，但在小城鎮長大的繪美並不認為自己能夠成為小說家。不久之後，道代又轉學了，送給繪美三本橫溝正史的書。繪美接觸了推理小說，然後又邂逅了火腿哥。繪美和火腿哥遠距離戀愛時，把自己寫的推理小說寄給了他。她同時把小說寄給了已經成為松木流星徒弟的道代，道代寫信告訴她，松木很讚賞繪美的才華，願意收她為徒，希望她能夠去東京。雖然她樂得飛上了天，但這封信來得太遲了，她已經和火腿哥訂了婚。繪美對火腿哥說，希望給她三年的時間，卻無法得到火腿哥的理解，就連繪美的父母也支持火腿哥。繪美渴望見識一下天空彼岸的世界，於是，她不告而別，獨自去了車站，沒想到在車站看到了火腿哥。

故事到此結束，但無論怎麼想，都覺得故事根本沒有結束。即使看了信封裡面，也沒有找到遺漏的稿紙。難道小萌給了我未完成的小說嗎？還是必須由讀者自行完成結局？

我原本以為是小萌寫的故事，但看了幾行之後，就知道應該不是她寫的。無論文體和時代的設定都很古老，既然松木流星在故事中還活著，而且還很活躍，就代表應該是四、五十年前的作品。這是真實故事，還是虛構的？無論是哪一種情況，都是發生在我不知道的年代，而且是陌生人的故事。

只不過我很在意繪美之後到底怎麼樣了。

如果我是繪美，隆一會不會同意？

如果我是繪美，很希望可以立刻搭上列車去東京。因為人生中能夠實現夢想的機會並不多，更何況將要師承松木流星，不，這才是問題所在。

我能夠理解火腿哥阻止的原因。之前曾經看過松木流星的回憶錄，當時的編輯和作家朋友都異口同聲地說：「松木流星是當代首屈一指的花花公子。」任何人都不可能願意讓心愛的未婚妻成為那種人的徒弟。

隆一也一定會反對。之前和他聊起窮學生時代出國旅行的事時，提到曾經住在青年旅館男女混宿的房間，都已經是十多年前的事了，他還是對我說教了一番，說我竟然這麼毫無防備。如果他在車站發現我，把我帶回家後，會不會在我改變主意之前，一直把我綁在柱子上？這有點太誇張了，但他應該不會同意。

雖然覺得如果繪美是男人，所有問題都解決了，但我不希望這樣扭轉故事的方向，所以……。

讓繪美生病怎麼樣？

繪美有嚴重的暈車現象，但似乎並沒有什麼大病。即使成為小說家的夢想受阻，她仍然可以嫁給溫柔體貼的火腿哥，在很受左鄰右舍歡迎的麵包店，和父母一起做好吃的麵包，仍然可以擁有幸福的生活。

即使火腿哥硬是把她從車站帶回家，在接下來的那段日子，她可能都會遙想著天空的彼岸傷心落淚，也許會恨火腿哥，但在每天烤麵包，和火腿哥共同生活之後，這種想法是否會漸漸淡薄，接受當初的決定，有朝一日，會笑著回首這件往事。

當有了孩子之後，更會覺得當初的決定是對的。單身的時候，幸福只是個人的事，但在肚子裡有另一個生命後，幸福就會以孩子為重。

如果當時去了東京，也許就不會有這個孩子。雖以想像自己的人生中沒有這個孩子會怎麼樣，即使犧牲這個孩子，可以成為暢銷作家，也會斷然拒絕。

也許她會反過來感謝火腿哥。

如果能夠相信未來還有數十年，我希望能夠選擇充滿穩定幸福的人生。

但是，如果繪美的生命有限——。

難道火腿哥不會希望讓繪美盡情地去做她喜歡的事嗎？尤其小說是有形的東西，難道不會希望繪美寫的故事能夠印刷成冊，成為繪美曾經活在這個世上的證明嗎？

即使最後無法實現這個夢想，比起讓心愛的人帶著遺憾離開這個世界，身為家人，不是會希望她能夠了無遺憾地離開嗎？即使這只是出於活下來的人自私的想法。

去北海道旅行的那一年年底，父親離開了人世。他罹患了直腸癌。

醫生告訴父親，他還有半年的生命，所以他突然提出要去北海道旅行。我是在父親去世前一個月才知道這件事，在此之前，父親照樣上班，我並沒有想到父親罹患了這麼嚴重的疾病。

從北海道旅行回來後，父親和之前一樣，並沒有回到大阪的家中，只要身體狀況允許，他繼續投入製作電視劇的工作，因為父親為這個工作感到自豪。

父親和繪美一樣，在深山的小城鎮出生、長大，因為家裡務農，所以父母從來不曾帶他出門旅行，這也是和繪美的共同點。

每天的生活都很單調。父親最大的娛樂就是電視，他尤其喜歡看刑警主題的電視劇。在他生活的城鎮中，能夠遇到的不外乎是鄰居夫妻吵架，或是野豬衝進學校操場這種充滿鄉土風情的事件。

日常的世界中沒有任何能夠讓他感到緊張刺激的事，但只要按下一個按鍵，小箱子內就會出現另一個世界。警匪追逐戰、爆炸、槍戰，還有心理戰、相互欺騙，友情、愛情、信賴，被害人、凶手和殉職。

他手心冒汗，興奮地看完小箱子內的世界後，在興奮的同時，很慶幸自己的周遭如此和平，為此感到鬆了一口氣，然後就有點喜歡平淡無奇的日常世界。

而且，日本各地的人都對小箱子內的世界樂在其中。無論鄉村還是城市，無論深山還是海邊，那些住在自己從來不曾去過，也從來不曾看過的地方的人，每個星期都在相同的時間擁有相同的世界，父親藉此認識到，自己和廣大的世界緊密相連。

然後，父親夢想有朝一日，能夠打造和許許多多人共同擁有的世界。

父親實現了夢想，而且希望自己到死之前，都能夠持續打造這個世界。母親知道父親的生命所剩不多，也曾經多次希望父親趕快放下工作，一家三口平靜而安穩地過日子，希望父親能夠多活一天。

但是，那只是母親的心願，並不是父親想要做的事。母親不希望父親對自己的人生感到後悔，她下定決心，要盡力支持父親，讓父親在臨終之前，對自己的人生感到滿足，即使會因此讓她感到寂寞。

我認為母親的決定很正確，每次懷念父親時，母親從來不曾懊惱地說，早知道應該讓父親多做他喜歡做的事，正因為如此，父親總是出現在我愉快的回憶中。

父親最後一部作品正是松木流星的作品，由於將作品的背景改到了現代，所以在尊重原著的基礎上，加以解構後重新改編，我在這部作品中，完全找不到任何可以批評的地方。

片尾字幕中的父親名字不再只是文字，而是在北海道和我一起看著鏡頭的父親浮現在我心中。

——怎麼樣？是不是很好看？

我似乎聽到父親的聲音。

即使繪美沒有生病，也希望火腿哥能夠了解，還有這樣的選項。我決定了自己對於《天空的彼岸》這個故事的結局。

雖然繪美被火腿哥從車站帶回家，但日後得到了火腿哥的理解，終於能夠啟程前往東京。因為火腿哥改變了主意，希望繪美能夠實現夢想，但要求繪美每天都要和他聯絡，即使只是簡短的三言兩語也無妨，同時要向松木流星提出要求，管家的工作到晚上九點結束，而且不要住在松木流星家，而是自己去附近租房子，並用書面方式寫下雙方的約定。火腿哥提出了不少要求，繪美向他保證一定會遵守。

火腿哥對踏上旅程的繪美說。

——妳要好好努力，不要讓自己有遺憾，但請妳記得一件事，妳有屬於妳的歸宿。

手機的鬧鈴響了。看完《天空的彼岸》後三個小時，無論在日常的世界還是旅途中，午睡後醒來都能神清氣爽。

傍晚六點。雖然到小樽港之前，最好還是躺在床上多休息，但還是不能錯過該看的風景，而且肚子也有點餓了。我走出房間，先去了商店，買了泡麵，在茶水區加了熱水。

我拿著泡麵走向船尾甲板，和上午一樣，長椅都空著。我坐在正中央，打開蓋子，掰開了免洗筷。

考慮到嬰兒，晚餐應該在餐廳吃一些有營養的食物。我向寶寶道歉說，到了小樽之後，會再去吃晚餐。向寶寶打完招呼後，才開始吃泡麵。風迎面吹來，泡麵特有的濃烈味噌香穿越鼻腔，直達頭頂。

泡麵是這麼好吃的食物嗎？

上次搭渡輪時，我們一家三口也來到甲板上看海。從船頭、兩側和船尾各個角度看完後，父親問我一個問題。

——妳最喜歡從哪個位置看海？

我毫不猶豫地回答。

——當然是船頭啊。

站在船頭，低頭看著海面，可以看到船乘風破浪前進。抬頭望向海平面，會覺得好像是自己衝破海浪，朝向暫時還看不到的目的地和未來前進。

母親也回答說是船頭。雖然那時候《鐵達尼號》還沒有上映，但母親一臉陶醉地仰望著天空說，我們三個人站在船頭，就覺得這片大海是屬於我們的，不是很浪漫嗎？

我完全沒想過除了船頭以外，還有其他答案。每個人當然都喜歡最前面，只能容納少數人的船頭位置，但父親的答案並不一樣。

——我喜歡船尾。因為可以看到船經過的痕跡。尤其是暮色籠罩時更棒，真希望可以吃著泡麵，眺望夕陽西沉的景象。

父親在餐廳的櫥窗前說，泡麵是他的精神食糧。小時候，當他的父母去農田務農時，泡麵就是他的午餐；上中學、高中後，參加完社團活動，他都會吃泡麵填肚子；大學時代，泡麵是他早、午、晚餐的主食；工作之後，泡麵成為他工作到深夜時的好夥伴，所以，泡麵成為他人生中不可或缺的食物。

在船上睡的是通鋪，又吃泡麵，根本和豪華客輪沾不上邊。我有點不滿地看著母親，發現她笑得很開心。

我們三個人吃著泡麵，從船尾看著大海。夕陽固然不錯，但我還是覺得船頭比較好。雖然我不會暈船，只是長時間坐在和前進方向相反的地方，還是感覺不太舒服，而且好像躲起來吃泡麵的感覺，也有幾分淒涼。

為什麼爸爸喜歡船尾……？

經過了二十年，我似乎終於找到了答案。父親可能在航道上看見了自己的人生。在航道上留下的白線前方的顏色很深，隨著漸漸遠離船身，就變得又淡又寬，最終成為藍色大海的一部分。眼前的景色告訴我，人生的過程中所累積的經驗和回憶，最後也會消失不見。

難道是因為我也罹患了和父親相同的疾病，所以才能領悟到這一點嗎？因為和父親罹患了相同的疾病，所以才會想起父親，產生了相同的心情。

但是，這次旅行並不是為了重溫和父親之間的回憶。

而是為了和新的家人建立回憶。

發現罹患直腸癌時，我的肚子裡已經有了新生命。懷孕三個月，還可以墮胎。一旦墮胎，就可以馬上接受化療。如果想要生下孩子，就只能在接受自然治療的情況下，等到胎兒滿七個月後剖腹產，之後再接受化療。雖然我的病情還沒有到像父親那樣無可救藥的地步，但癌症會持續惡化，一旦延誤化療的時間，治癒的可能性也會降低。

放棄肚子裡的孩子，先治療癌症，等治好之後，可以再生孩子。雖然這也是方法之一，但目前腹中的生命和下一次懷孕時的生命並不相同，更何況即使放棄孩子，專心接受化療，也未必能夠治癒。

放棄孩子，治好自己的病，然後再懷孕。

放棄孩子，治好自己的病，但無法再懷孕。

放棄孩子，自己也因為癌症而死。

生下孩子，自己卻死了。

生下孩子，也同時治好了病。

我不知道該如何選擇，於是想到必須和隆一商量，然後才發現對他來說，還有和我不同的選項。

我很希望能夠生下肚子裡的孩子，即使為了迎接這個新生命而死，我也認為很值得，但對隆一來說呢？

如果我生下孩子後死了，對我來說，一切都結束了，但隆一必須養育這個孩子。一個男人獨立照顧孩子，必定會對工作造成影響。他在建築公司上班，有時候天還沒亮，就必須出門去上班。

他才三十八歲，也許有機會遇到其他女人，對他來說，沒有孩子造成的負擔，更容易建立新的家庭。如果沒有孩子，隆一能夠重新開始，可以得到幸福。

要不要生這個孩子，也許不可以由我來決定，應該由活下來的家人來決定這件事，所以請你做出選擇。我把決定權交給了他。

某天假日，我約隆一出門散步，在住家附近的公園這麼對他說。

我知道自己在外面的時候，因為會在意路人的眼光，所以思考不會停止。如果在家裡，一旦把所有的話說出口，腦筋就會一片混亂，完全無法思考，只會不停地流淚。所以特地選擇了天色還很亮的時間，在有許多父母帶著小孩子來玩，也有很多小孩子聚集的熱鬧地方談這件事。

或許是因為櫻花已經落盡，所以櫻花樹下只有我們兩個人。

當我說完時，隆一倒吸了一口氣望著我，我忍不住移開了視線。他雙手緊握拳頭，肩膀不停地顫抖，我以為他要打我，渾身緊張不已。隆一用右拳打向櫻花樹的樹幹。那是成為公園象徵的巨大櫻花樹，即使是曾經在學生時代打過橄欖球的他用力揮拳，樹枝也只是稍微搖晃一下，我用雙手也無法環抱的樹幹毫髮無傷。
隆一握著拳頭，用力擦著雙眼。他的眼角流下的不是眼淚，而是血滴。
——你沒事吧？你的手流血了。
——不要為我擔心。……我沒有任何需要優先選擇的事。智子，妳想怎麼做？
——我……。
——不用考慮將來的事，儘管告訴我妳現在想要什麼。
——我……，我想要生下這個孩子。
當時，我腦海中只浮現一個心願。
隆一隨意把拳頭上的血擦在長褲上，然後緩緩張開手，放在當時還沒有很大的肚子上。
——這個孩子應該也有相同的心願，因為小不點是妳的分身。
淚水模糊了視野，我對著即使用拳頭捶打，也絲毫沒有動搖的櫻花樹嗚咽起來。
我和隆一一起去了醫院，告訴醫生，我們決定在生下孩子後，再接受化療，但心情並沒有因此就平靜。
雖然我一再告訴自己沒事、沒事，但有一天，突然掉進了又深又黑的陷阱。
我在五年前認識隆一。在參加朋友婚禮後續攤時，有人介紹我們認識，我們就開始交往。半年後，他向我求婚，但我希望繼續享受自由，所以拖延了兩年才答應。如果當時馬上結婚，即使是現在發病，孩子也早就生下來了，為了孩子，我可以毫不猶豫地接受化療。
如果我更早認識隆一，二十歲左右就結婚，孩子現在已經讀中學了。如果孩子這麼大，就可以專心接受化療，但即使沒有了我，也不至於對孩子造成太大的影響，如此一來，就不會對萬一無法治好癌症感到如此擔心了。

如果我仍然單身，也許能夠不悲觀地迎接死亡的到來。

每當一個又一個假設在黑暗中累積，就覺得現實擋住了眼前的去路。然後，我忍不住大聲哭喊。

我不想死。

但是，這句話並不是比起孩子的生命，我更希望自己活下去的意思。如果我一無所有，對於人生畫上句點並不會感到害怕，也不會後悔。因為在父親死後，我向來抱著「坐而想，不如起而行」的態度過人生。

如今，我最大的心願就是女兒可以順利出生，我知道一旦女兒出生後，又會有新的願望。希望可以和女兒在一起，希望可以陪伴女兒一起成長，不希望女兒因為母親而難過，為此……。

我想要活下去。

我並不是害怕死亡，只是、只是感到難過。

我想要盡情地緊緊擁抱女兒柔軟的身體，為她換尿布、為她洗澡，時時刻刻守在她身旁，看著她成長。她會用什麼聲音對我說話？她將學會坐、站、走、跑，漸漸了解這個世界。

我能夠參與她多少的人生？是否能夠在她的內心留下回憶？

每次思考，就陷入絕望，再次思考，再度陷入絕望……。

某一天，我不經意地打開電視，看到了熟悉的影像。那是「松木流星推理劇場」重播父親製作的電視劇。我只是茫然地盯著電視畫面，卻不知不覺地深受吸引。在片尾字幕中發現父親的名字時，我突然想到。

與其嘆息未來無法為孩子留下回憶，不如趁現在留下回憶。於是，我就像父親當年一樣，對隆一提議。

——我們去北海道！

太陽沉落，海天融為一體，也看不到船尾後方的白線。黑暗的遠方，有無數盞微小的燈光。那是北方大地的人日常世界的燈光。

我回到船艙間，收拾東西準備下船，把《天空的彼岸》和攝影機、日記一起放進了背包。

我拿出手機，傳訊息給隆一。

『我馬上就到了，謝謝你答應我的這趟旅行。』

也許他收到訊息後，會驚訝是怎麼回事。要不要告訴他，我拿到一本作者不詳、沒有結局的小說？也許可以讓他調查一下，松木流星的徒弟中，有沒有一個名叫繪美的女作家。

不，《天空的彼岸》已經有了結局。

隨著輕微的引擎聲，室內搖晃起來。渡輪可能靠岸了。船艙內響起了廣播，我走出房間。通道上擠滿了旅客，每張臉上都充滿了期待。希望我的臉上也有相同的表情。

我看到小萌的背影出現在五公尺前方的階梯中央。要不要把文稿還給她？我也想再度向她道謝。小萌似乎拚命追著某個人的背影，因為人太多了，我不知道是哪一個人？小萌為了追隨那個人踏上了旅程，但那個人並不知道小萌追隨在後。這種情況可能發生嗎？

我打消了想要去找小萌的念頭，她有她的旅程。

我要繼續我的旅程，要錄影、拍照，留下文字，留下一個又一個有形的回憶，希望有朝一日，可以和女兒一起回顧。

我摸著肚子，小聲地說。

——媽媽要活下去。

寶寶在肚子裡滾動，似乎在捧腹大笑，好像在說，妳終於知道了嗎？

百花山丘

在薰衣草田前拍照是曾經造訪富良野，不，是曾經造訪北海道的證明嗎？

昨天下午一點，我前往位在上富良野町的日出公園內的薰衣草園時，整片薰衣草田的山丘周圍，到處都是人、人、人。

戴著旅行社徽章的人從停車場一路小跑過來，直接衝上山丘，來到瞭望台後，首先在成為公園象徵的大鐘前拍照，接著，從俯瞰薰衣草田的角度拍下公園的全景，然後再稍微往下走幾步，站在薰衣草田前攝影留念。最後才終於放慢腳步，眺望著紫色的花卉地毯走下山丘，走去商店，買一支淡紫色的薰衣草霜淇淋，拿在手上拍照後，好像終於完成了任務，把相機收進皮包，開始吃霜淇淋。

二十年前應該沒有薰衣草霜淇淋這種東西，我和哥哥、姊姊都記得當時大人買給我們的是白色霜淇淋。雖然很在意薰衣草味到底是怎樣的味道，但聽到有人說：「味道有點說不清楚。」就忍不住點頭，因為和我想像的差不多。

那些戴著徽章的人接下來似乎要去動物園，吃完霜淇淋後，沒有回頭看薰衣草田一眼，就直奔停車場。前後停留的時間不到三十分鐘，即使如此，回家之後，仍然可以拿出照片炫耀，自己去看過薰衣草。

終於可以拍到無人的薰衣草田了。我才這麼想，結果又來了一群觀光客，然後我終於發現，我不應該選在白天的時間，來到因為在富良野地區最初種植薰衣草，而成為知名觀光景點的這個公園拍風景照。

但是，當我隔天清晨六點再度造訪，已經有人捷足先登了。薰衣草種植時，每一株之間都有些微的間隔。身穿白色洋裝的女生蹲在小徑旁的薰衣草間隔內，一個男人拿著單眼相機站在小徑旁為她拍照。兩個人看起來都二十歲左右。

難道是拍婚紗照？但看不到新郎的身影，拍照的男生穿著T恤和牛仔褲。還是雜誌的彩頁照？如果是這樣，女生似乎不怎麼漂亮，洋裝也有點廉價。時下流行裸婚，婚紗或許也以簡單的款式為主流，但女生的洋裝不是簡單，感覺像是用廉價的布料自己縫製的。

當地的小本經營餐廳為了自己做婚宴用的傳單而請員工拍照，是眼前這一幕最合理的解釋。

「裙襬敞開的感覺有點奇怪，是不是站起來比較好？」

男生舉著相機對女生說道。

「不行啦，這件洋裝的長度只到腳踝，這樣不是會拍到腳上的拖鞋嗎？」

女生蹲著回來。

「妳應該穿鞋子來啊。」

「我沒有可以搭配這件洋裝的鞋子嘛，特地去買一雙也很浪費錢。」

「那裙子就應該做長一點啊，上面雖然看起來是洋裝，但下面根本只是把白布圍起來而已啊。」

「因為布料不夠了嘛，有什麼辦法。反正你只要拍上半身，拍出我在薰衣草田裡的感覺就好。」

「妳說得簡單，薰衣草的高度不夠啊。」

男人調整鏡頭，慢慢移動著，遲遲找不到能夠回應女生要求的位置。

「要不要從這個位置拍？」

我經過男生背後，沿著小徑往上走了兩公尺左右後，對男生說道。

「啊？」

「與其在意她的腳，想要拉開距離，還不如用廣角鏡近拍。」

「是嗎？」

男生走到我身旁，舉起了相機。

「啊，真的耶，前面的薰衣草剛好很巧妙地遮住了腳。」

男生按下快門，確認照片後，出示給我看。

「果然和我想的一樣。這次不要把模特兒放在中間，讓右側稍微留下空白。拍出一大片薰衣草田，就可以增加整體的穩定感。」

說完之後，我有點擔心自己太多嘴，可能會被對方討厭，沒想到那個男生把相機遞給我。

「你好像很精通，如果方便的話，可不可以請你幫她拍幾張？這是向朋友借的相機，我以前從來沒用過。」

「好吧。」我接過相機，在確認構圖的同時進行調整。首先將焦點同時對準人物和風景，然後再拍一張將焦點鎖定在模特兒身上，風景拍出模糊的感覺。如此一來，可以增加薰衣草柔和的感覺，進而襯托女生俐落的五官，我把她拍得很美嘛。使用閃光燈，把女生的臉拍得比較明亮的感覺也不錯。

「這樣的感覺可以嗎？」

我拍了十張左右，把相機交還給男生。男生確認了畫面，「喔喔」地驚叫著，跑去女生的身旁。

「好厲害，好厲害，好像是攝影師拍的。」

女生看著相機螢幕，每換一張照片，就發出興奮的聲音。

「這樣滿意了嗎？」

「嗯，我的夢想實現了！」

女生露出滿面笑容，用力點了點頭後站了起來。

「那就收工了。真是的，一大早就……」

男生雖然嘴裡抱怨著，但還是牽著女生的手一起走了過來，向我鞠了一躬。女生也向我鞠躬，原本戴在頭上的白色髮飾掉了下來，女生「哇」地叫了起來，慌忙撿起髮飾。

「妳要好好道謝。」

「謝、謝謝你。」

「不客氣，我沒有問你們拍照的目的，就多管閒事……」

「我們並沒有結婚，其實只是同學，根本沒交往，但她說，住在北海道期間，有無論如何都想實現的願望，要我協助她。」

「我是北大的四年級學生，畢業後，就要回去九州的鄉下，現在終於留下了美好的回憶。你是職業攝影師嗎？」

「……不，只是喜歡攝影。」

「是嗎？我還以為你一定是攝影師。」

「你拍得超讚，我們真是太幸運了。」

我不知道該如何回答，只好抓著頭。

「你是想趁沒人的時候拍攝吧？我們馬上閃人，不妨礙你了，你慢慢拍。」男生說完，帶著女生一起走下山丘。

男生快步走在前面，女生把洋裝的裙襬拉到膝蓋，小跑著跟在他身後。她腳上的紅色拖鞋的確和洋裝很不相襯，但很可愛。

她的樣子很滑稽，我用掛在肩上的相機咔嚓拍了一張。標題就叫「等等我嘛」。

一大片薰衣草田終於只屬於我一個人了，但是，女生剛才說的話掉落在小徑上。

——你是職業攝影師嗎？

針對這個問題的正確回答應該是「放棄成為職業攝影師夢想的人」。來到北海道，是為了和夢想訣別，因為當初的夢想就是從這裡開始。

我老家在山陰地方的海邊小城鎮，父母開了一家魚板工廠，有八名員工，家裡不算窮，但也不是有錢人，從小到大，全家只有在某個暑假一起去旅行過一次。那是姊姊讀中學二年級，哥哥讀小六，我讀小四的時候。

我媽掌握了旅行地點的決定權，因為之所以決定要去旅行，是由於我媽中了十萬圓的彩票。我媽提議說，她想去北海道，最好去富良野。因為她喜歡以富良野為故事舞台的連續劇《來自北國》，又去錄影帶出租店租了錄影帶，我們全家人都看過那齣連續劇，所以沒有人反對。

於是就去向旅行社報名參加了三天兩夜的富良野．美瑛之旅，七月底的時候，父母帶著我們三個孩子，總共五個人一起搭機飛往新千歲機場。這是全家人第一次一起搭飛機，第一次去北海道。旅行第一天的行程，是從新千歲機場去北海道，參觀北海道道廳、鐘樓和大通公園，然後住在十勝岳溫泉。第二天的主要行程是去富良野觀光，上午去參觀電視劇拍攝現場的麓鄉，再去葡萄酒工廠參觀後，就來到這裡日出公園。

當我們一家人親眼看到這片薰衣草田時，忍不住對著比電視上看起來更鮮豔的紫色鮮花地毯歡呼起來。

不光是自稱少女的我媽，就連對花完全沒有興趣的爸爸，也忍不住說：「太壯觀了。」大家都被眼前的景象吸引。那是非日常的世界，當然想要把眼前的美景拍下來。但我家只有姊姊有一本相簿，哥哥和我勉強湊成一本相簿記錄我們的成長，在我們日常生活中，相機是完全不需要的用品。

既然這樣，就應該買任何人都可以拍得不錯的即可拍相機，沒想到我爸在出發前，向公司員工中一個向來喜歡玩新玩意的大叔田中先生借了單眼相機。可能是因為那些計時工大嬸拜託我爸：「老闆，多拍一些薰衣草的照片回來」，他拍著胸脯保證：「包在我身上」，所以覺得要用像樣的相機才能拍出好照片。

而且，他一定以為既然田中先生會用，自己當然也能夠輕鬆操作，但是，當他在薰衣草田前舉起相機時，卻遲遲對不到焦。他轉念一想，覺得等照片洗出來，自然就會變得清晰，於是就對著薰衣草田拍了兩、三張，然後讓全家人站在薰衣草田前拍了一張，就算完成了攝影工作。

反而是我們三個孩子對相機產生了興趣。看到薰衣草田固然感動不已，卻無法像我媽一樣，一直看著薰衣草感慨，牛奶口味的霜淇淋也早就吃完了，但離集合時間還有很久。姊姊向我爸借了相機，然後哥哥也想試拍，相機已經完全變成我們幾個孩子用來打發無聊的工具。

我當然也鼓起勇氣說想要拍照，但我爸用嚴肅的口吻對我說：「萬一摔壞就傷腦筋了，而且也會浪費軟片，你就在這裡拍三張。」

我爸每次都用這種態度對待我，所以我並沒有感到失望。無論在廚房拿刀，或是放煙火時點火，甚至是在工廠的品質表示標籤上蓋日期章，哥哥、姊姊在我那個年紀時可以做的事，輪到我想做的時候，爸媽每次都說我還小，不讓我做。

不公平。我每次都很不滿，但在姊姊和哥哥眼中，覺得爸媽袒護我。事實上，平時在家寫功課時，我爸的確只會輔導我，運動會和週日的教學參觀日，他也都從不缺席，但是……。

——爸爸最疼你啊。

不能因為這樣，就把一切都推到我身上，這樣也未免太自私了。

我裝上廣角鏡，將焦點對準前方的薰衣草，按下了快門，但總覺得不滿意。

雖然我打算先拍公園全景，但找不到一個想要擷取、想要永遠留下這一刻、想要給別人看的畫面。十歲的時候，我第一次拿著單眼相機，模仿著哥哥、姊姊轉動鏡頭，心情隨著被拍攝物體的變化而起伏興奮，這裡也想拍，那裡也覺得不錯，有好幾處想要永遠留下的景色……。

如果以目前的心態繼續拍下去，可能和那些戴著徽章的觀光客拍的到此一遊紀念照沒什麼兩樣，搞不好比他們更糟。

紀念照是為了向別人展示。

北海道真好。好漂亮。真羨慕啊。

既然目的在於讓對方說出這樣的讚嘆，當然不能拍一些奇怪的照片，必須能夠滿足最低限度的炫耀標準。

十歲時的我做到了這一點。也許從某種意義上來說，二十年前，我參加了第一次攝影比賽。

現在的數位相機可以當場確認拍攝的成果，但二十年前，必須等到照片洗出來後，才知道拍得怎麼樣。從北海道旅行回來五天後，我媽去附近的照相館拿照片，我們三姊弟和爸爸一起充滿期待地等著看照片，但媽媽回家時的表情顯然很失望，當她從信封中拿出照片時，大家的臉上也都露出了相同的表情。三捲二十四張軟片所拍的照片幾乎都失焦了。

爸爸起初抱怨是不是照相館的沖印技術有問題，但有三張照片證明並非如此。那三張照片清晰地拍下色彩鮮豔的畫面。

全都是我拍的。

第一張是除了我以外的四個家人站在薰衣草田前的畫面。第二張是整個山丘都是薰衣草的公園全景，第三張是腳下那片薰衣草的特寫，完全沒有失焦，分毫不差。

這三張照片拿去加洗，全家每人都有一份。大家每天都放在皮包、書包裡，拿給同學看，向朋友炫耀。

好漂亮。太美了。好想去看看。

我覺得所有的稱讚都是為我而來。家裡用我拍的照片做了賀年卡，把照片放大後放進相框，掛在家裡的客廳和工廠辦公室。

我為那張沒有我的全家合影感到驕傲。

——你們家小兒子沒去嗎？

大部分人看到照片後，幾乎都會這麼問。於是，我的爸媽就會告訴他們。

——有去啊，這張照片就是他拍的。

——太了不起了，以後一定可以成為有名的攝影家。

我的爸媽聽到這樣的稱讚，一定也是滿臉得意。

——小拓，你一定可以成為攝影師。

姊姊和哥哥也都這麼說，但是，當我好不容易快抓住夢想時，為什麼對我說那種話？為什麼要我繼承魚板工廠？

我按了幾次快門後，有新的客人出現。

那是一對和我爸媽年紀相仿的男女，女人抱著茶色的博美犬，無視「禁止進入」的看板，大步走進薰衣草田，對著男人說：

「這裡好嗎？記得在拉妹看著鏡頭時再按下快門。」

「知道了，我知道了。」

男人說完，舉起小型數位相機。

一片薰衣草田中，穿著婚紗的女人、和小狗一起的女人……。攝影學校曾經多次教導有目的地拍照的重要性，無論技術再怎麼高超，如果什麼都不想，只是拍下畫面，無法為看照片的人帶來感動。

我在這裡拍照的目的是什麼？

告別夢想的攝影旅行。可以是這樣的目的嗎？

我在日出公園附近的咖啡店吃完早餐，出發前往美瑛。這次的行程和二十年前那次旅行一樣。當時是搭遊覽車，這次我租了車子。

在充分享受富良野薰衣草田的美景後，以母親為中心的全家人，覺得旅行目的有九成已經完成了。

接下來只剩下前往旭川，住進市區的飯店後去買伴手禮帶回家。聽到遊覽車上的導遊說：「接下來我們要經過美瑛去旭川」時，我問我媽，可不可以睡覺？姊姊和哥哥早就在一旁睡著了。

但是，從遊覽車的車窗看到美瑛的風景時，讓我幾乎快要閉上的眼睛一下子睜開了。整片山丘上繽紛的花田並不是只有薰衣草的顏色，一整片紅色、橘色、黃色和白色格外眩目。我立刻叫醒了姊姊和哥哥。

——簡直就像拼貼。

我媽一臉陶醉地說。姊姊問我媽，那是什麼？

哥哥問爸爸花的種類，我爸答不出一串紅、虞美人和萬壽菊這些花的名字，還請教了導遊，但立刻說出了馬鈴薯和蕎麥這些農作物開的花名，其他遊客也稱讚他很了不起，他開心地抓著頭。

我心不在焉地聽著他們談話，但整個身體都變成了一台相機。離開日出公園後，爸爸就把相機放進了旅行袋，我不時調整著成為鏡頭的雙眼遠近的距離，在最佳角度對焦，不斷按下腦袋中的快門，想要在腦海中留下更多畫面。

——美瑛是出了名的山丘城鎮。

導遊雖然這麼向大家介紹，但遊覽車完全沒有停下來。為什麼不停下來？為什麼不讓我們下車參觀？我多麼想盡情欣賞大自然的雄偉景色。

雖然不滿湧上心頭，卻沒有時間抱怨。因為窗外是一片望不到盡頭的美麗山丘風景。

遊覽車終於在一棟好像教堂般的白色建築物前停了下來，那是名叫「拓真館」的攝影美術館。

——和拓真的名字一樣。

我爸最先發現了這件事。我叫「拓真」，看到有相同名字的建築物當然樂不可支，而且那是攝影美術館這件事也震撼了我。我想像著自己前一刻看到的風景成為自己的作品展示在這裡，笑容忍不住浮現在臉上。

有和我相同名字的攝影家嗎？聽到導遊在同車所有遊客面前叫著我的名字，我暗自得意，但「拓真館」的名字並非來自攝影家的姓名。

攝影家名叫前田真三。如果有人問誰是我最尊敬的人，我會毫不猶豫說出這個名字。

一九二二年出生的前田真三是風景照的巨擘，一九七一年，他花了三個月的時間縱貫日本列島進行攝影旅行，在旅行終點的北海道美瑛町和上富良野町一帶發現了日本的新風景，之後，他頻繁造訪這片丘陵地帶，以人和大自然編織出的美麗大地為主題，發表了眾多攝影作品。

一九八七年開設的「拓真館」常設展示約八十件作品，目前每年都有三十萬人次造訪。

前田真三的攝影作品有溫度，可以感受到風起、雲湧，感受到大地在呼吸。我以觀眾的角度鑑賞了每一件作品，也從創作者的角度，觀察了每一件作品。

我把前田真三的作品深深烙印在腦海中，驅車前往美瑛車站，準備去吃午餐。視野所及，都是一望無盡的廣大丘陵地帶。

我在車站附近的餐廳吃完加了很多當地盛產蔬菜的咖哩烏龍麵，首先前往風香遊之丘，打算繞拼布之路一周。雖然只有一小段路，但我還是深受黃金色和綠色對比的吸引，把車子停在路肩。

山丘上的小麥結著飽滿的麥穗，上方是清澈的藍天，飄著朵朵白雲。這片景色告訴我，我是多麼渺小而微不足道，但也同時向我伸出手，溫柔地告訴我，我也是這片遼闊美景的一部分。

即使同樣是鄉下地方，如果我的家鄉也有如此美景，我很樂於返鄉。

我會覺得每天生產魚板的生活也不錯嗎？只可惜那個城鎮沒有我想要拍的風景。

眼前是一大片微微起伏的山丘，深綠色的農田後方是十勝岳嗎？要以怎樣的角度拍出山丘的稜線和山之間的協調感呢？是否可以把山作為遠景，呈現山丘的開闊感？地平線的位置呢？太陽位在和天空呈九十度的位置，離地平線越遠，天空越藍。

我裝上超廣角鏡頭，開始尋找拍攝的點，這時我才發現有人捷足先登了。那個女人的年紀和我差不多，好像懷孕了，但並沒有人和她同行，她把單眼相機固定在三腳架上，正看著取景器。她似乎想要自拍，所以在打算站的位置和相機之間來來回回走了兩次。

即使是對攝影沒有太大自信的人也會自告奮勇。

「呃，要不要我幫妳拍？」

「太好了，那就麻煩你了。」

女人用手帕掩著鼻子回答道，站在不知道是什麼農作物的農田前。相機仍然固定在三腳架上，她似乎認為我只是幫忙按快門而已。其實我原本打算像在薰衣草田前為身穿洋裝的女生拍照時一樣，為她重新調整角度後拍攝，不過，也可以連同三腳架一起移動。

我看著取景器。女人一隻手放在肚子上，另一隻手比著勝利的手勢對我微笑。不需要調整鏡頭，也完全不需要移動三腳架。

「我要拍囉。」

我打完招呼後，按下了快門。女人道謝向我走來。

「太好了，如果設定倒數計時，就要趕快跑過去。」

她用手摸著肚子，語氣開朗地說道。她一個人旅行，但看起來並非有什麼隱情。

「妳一個人嗎？」

我忍不住問道。

「對，我老公因為工作的關係，今天傍晚才會在旭川的飯店和他會合。雖然和肚子裡的寶寶單獨旅行也很棒，還是很希望他也能夠看到這片風景。」

女人回頭望著山丘。原來是這樣。

「要不要我幫妳多拍幾張？」

「可以嗎？」

「因為我開車，所以不必在意時間。」

「真好，可以繞拼布之路一周。」

「妳用走的嗎？」

「因為我沒有駕照，雖然也想過去租腳踏車，但震動不是會很厲害嗎？可以從車站走路到風香遊之丘，而且這裡也很美，所以就覺得沒關係。」

「要不要我載妳？啊，妳會擔心坐陌生人的車了吧？怎麼辦呢？那我把駕照交給妳，妳會相信我嗎？」

「不必這麼大費周章，那就麻煩你了。我很開心。」

女人自我介紹說：「我叫智子。」

「我叫柏木拓真。」我向她介紹了全名。

「該不會是『拓真館』的拓真？」

我曾經用這種方式向攝影同好自我介紹，但第一次有人主動問我這件事，讓我覺得很不好意思，同時立刻對智子小姐產生了好感，覺得她是個好人。

原本想請智子小姐坐在副駕駛座上，向她打聽這次旅行的目的，但這條路上不時會有野生動物從農田裡竄出來，為了以防萬一，還是請她坐在後車座。

智子小姐主動開了口。

「『拓真館』的拓真，你從事攝影方面的工作嗎？」

雖然我認識她才幾個小時，但很希望和她聊一聊我的夢想。

我無法像哥哥、姊姊那麼能幹，但只有我會使用單眼相機，而且去了「拓真館」之後，十歲的我決定未來的夢想就是要當一個「攝影家」。

我並沒有為此付出特別的努力，也沒有相機，只是當地舉行廟會，或是學校舉辦活動時，都會讓父母幫我買一台即可拍相機，就感到十分滿足，也為家人都願意讓我擔任攝影工作感到驕傲。

原本決定上高中後要參加攝影社，但入學之後，覺得與其參加根本沒有舉行任何社團活動的攝影社，還不如和中學時一樣參加排球社，學生生活應該會更加快樂，所以就毫不猶豫地參加了排球社。雖然仍然想要打工買一台相機，但當時根本沒時間打工，甚至整整三年都沒有碰即可拍相機。

我也考進了東京的大學，只是和哥哥、姊姊讀的大學有著天壤之別。上大學後，我無意再參加排球社，但對攝影的愛好也消失了。我抗爭了半天，爸媽才同意我報考東京的大學，結果只考進一所連名字都沒聽過的大學，讓我感到自卑，為了減輕爸媽的負擔，我忙著打工賺錢。

我在打工時交到了好朋友，也在換季時交到了女朋友，生活過得很愉快，時間也在轉眼之間過去了。雖然在畢業之前為了找工作陷入了一番苦戰，但總算獲得東京都內一家製鞋公司的內定。

站在風香遊之丘的瞭望台上，可以看到肯和瑪麗之樹，「拓真館」位在展望路上，和拼貼之路剛好位在鐵路的兩側，走路過去很不方便。

「要不要去『拓真館』？」

「我昨天和住在同一個民宿的人一起去過了，但那裡無論去多少次都覺得很棒，我可以配合你的行程。」

「我剛才去過，來到美瑛，就會最先造訪那裡。」

「因為你是拓真啊。如果我肚子裡的孩子是兒子，我搞不好也會取拓真這個名字。」

智子小姐打算在這趟旅行中，為肚子裡的女兒取名字。我們離開風香遊之丘，前往北瑛的小麥之丘。一路上，我和她聊著姓名對人生產生的重大影響。

「拓真館」重新點燃了我對攝影的熱愛。

公司的女同事去北海道旅行時，在「拓真館」買了前田真三的攝影集作為伴手禮送給我。她並不是對我有好感，只是在旅行時看到美術館的名字和同事的名字相同而感到高興。

我心存感激地收下了禮物，只要一有空，就拿出來翻閱。

看著那些照片，雖然回想起兒時去北海道旅行的事，但漸漸開始思考那些照片是如何拍攝，以及不知天高地厚地認為，自己也可以拍出相同的照片。

我用為數不多的存款買了單眼數位相機，所以沒錢造訪北海道，只能開始拍攝身邊的風景。

如果是前田真三，不知道會用怎樣的方式拍攝這裡？如何才能在照片中表現溫度、風、空氣和肉眼無法看到的東西？

我買了攝影雜誌，從頭到尾仔細研究，了解到除了拍下風景，有目的、有主題地拍攝更加重要。每逢假日，就前往山上或海邊等能夠感受人自然的地方，也積極參加廟會等活動。

我想要捕捉陽光把鮮花襯托得最鮮豔的瞬間。
我希望讓激烈海浪的每一滴水珠都充滿躍動。
我希望在遼闊的天空中，表達出那片山的後方有城鎮，素未謀面的人在那裡歡笑、哭泣，在那裡生活的感覺。
我把充滿想法的照片洗出來排列後，發現和當年去北海道旅行時的照片一樣，有幾張照片綻放出與眾不同的異彩。雖然並不是像當初一樣，是在許多失焦的照片中找到三張唯一聚焦的照片，但那幾張照片還是讓我有「就是這張！」的感覺。
我從中嚴格挑選後，寄去參加某攝影雜誌的攝影比賽。
雖然我的名字在通過初選名單中敬陪末座，但仍然讓我產生了小小的希望。到時候一定要買好幾本雜誌，分別寄給爸媽和哥哥、姊姊。新年回家時，聽著大家說：「你以前就很會拍照」，大家一起回憶北海道的旅行，一起快樂地喝酒。我爸一定會叫我幫姊姊拍相親照。
我天真的想像以出乎意料的方式成真了。我在第一次報名參加的比賽中獲得了優秀獎，在兩千名參賽者中獲得第二名，那是我從來沒得到過的名次。
我在得獎後三個月才回老家，工廠的人、左鄰右舍和路上遇到的人都向我道賀，照理說，他們早就應該忘了這件事，更何況他們知道這件事本身就很奇怪。
工廠的員工田中先生偷偷告訴我，我爸媽三不五時向別人炫耀。
哥哥和姊姊也配合我的時間一起回到老家向我道賀，姊姊希望我為她拍相親照，哥哥也很鼓勵我，他在網路上查了攝影比賽的相關資訊，建議我下一次去報名參加。軟片公司主辦的這個比賽是業餘攝影愛好者的最高門檻，一旦得獎，就可以踏上職業攝影師之路。

翌年，我從兩萬名參賽者中脫穎而出，在那個比賽中獲得最優秀獎，我拍的並不是充滿大自然氣息的風景，而是拍了在反射著霓虹燈的小巷內綻放的花朵，我為作品取名為「拓夢」。

那一年年底，我辭去了持續六年的工作。為了成為職業攝影師，我決定另找一份在時間上比較自由的工作，同時去讀攝影專科學校。

我們到了肯和瑪麗之樹，這棵樹因為數十年前拍的廣告而出名，但樹木只是象徵而已，山丘的風景更美不勝收。我徵得智子小姐同意後，把車稍微開進去，停在路肩。這裡可能是絕佳景點，所以路肩比其他地方寬。放眼望去，一片綠色、黃綠色、深綠色，還有金黃色。我對顏色的名字不太熟悉，但可以用照片呈現出無數不知名的顏色。

我在三百六十度眺望的同時拍了幾張風景照，同時思考著要讓智子小姐站在哪一個位置，為她拍照。智子小姐也在拍攝風景，她的身影溫厚優美，我忍不住舉起相機，按下了快門。我之前從來沒有想到，美瑛的風景和孕婦竟然如此相得益彰。孕育了無數花卉和農作物的豐收大地和孕婦都有著孕育新生命的共同點，可以讓人感受到大地母親的堅強、溫和、溫暖，包容了自己以外的生命。

照理說，應該有這個主題的攝影集，但我之前從來沒看過。要不要拜託她讓我多拍幾張？在此之前，要先用她的照相機為她拍紀念照。

「拓真，你可以幫我在這裡拍照嗎？」

智子小姐不知道什麼時候走去了對面，我跑了過去，接過她的相機，她站在一片盛開著白花的農田前。我舉起相機，發現她的取景角度不需要任何調整。雖然我們身高相差二十幾公分，難道她已經考慮到這個問題了嗎？

按下快門後，智子小姐走過來時，在山丘上東張西望，似乎在尋找下一個景點。

「你知道那是蕎麥的花嗎？」

「我知道啊，我還知道那個是馬鈴薯。」

我賣弄著我爸二十年前傳授的知識，智子小姐發出了驚呼。她之所以知道，是因為昨天在富良野時，一位農民告訴她的。她把相機放在三腳架上拍照時，當地人主動問她要不要幫忙拍，然後就認識了對方，對方還請她吃了哈密瓜。

「是喔，真好。」

我這才知道，因為有這樣的前例，她才輕易答應和我同車。原本還以為是因為自己看起來像好人，暗自竊喜了一番，簡直就像是傻瓜。我能理解有人路過時願意自動協助智子小姐，因為在這片豐饒的土地上，任何人都會對孕婦很親切。

「我現在才知道，那是馬鈴薯的花。」

智子小姐說完，走向馬鈴薯田。

「原來馬鈴薯的花也是白色的。」

她看著花，一隻手摸著肚子小聲說道。她應該是在對肚子裡的孩子說話。

「我可以用自己的相機為妳拍照嗎？」

「拍我嗎？」
「對，拍妳看花的樣子。」
「一定要馬鈴薯的花嗎？」
「對不起，其實剛才在蕎麥田旁，我已經忍不住拍了一張。因為我覺得母親的身影和農田很搭。」
「原來如此，恩惠的大地像母親。如果你覺得我適合的話，可以儘管拍。」
我得寸進尺地要求智子小姐做出好像在把花的名字告訴腹中胎兒的姿勢，然後舉起了相機。我沒有模糊背景，而是想要拍出自然的感覺，我捕捉了智子小姐溫柔的笑容，按下三次快門。
確認我拍完之後，智子小姐說想看一下照片。我從剛才在蕎麥花那裡拍的照片開始逐一讓她過目。
「好棒喔，雖然自己說有點難為情，但拍得真好。可以寄給我嗎？」
「當然啊。……我可以請教妳的聯絡方式嗎？」
「好啊。」
智子小姐滿不在乎地說完，拿出手機，用紅外線通訊交換了電子郵件信箱。
「我們初次見面就可以這麼做，旅行真是太奇妙了。」
智子小姐說。我完全有同感。
「話說回來，我的運氣實在太好了，竟然能夠在旅途中，遇到職業攝影師為我拍這麼棒的照片。」

「不……我並不是職業攝影師，也不是攝影師。這趟旅行是來向攝影告別。」

我們在北瑛小麥山丘參觀了七星樹，和智子小姐想看的親子樹後，走進了漂亮的小木屋咖啡店，感覺像是森林中的隱寓。

「使用本地食材製作的起司蛋糕很誘人，但巧克力蛋糕看起來也很好吃，要不要同時點兩種，然後我們分著吃？」

「我贊成。」

於是，我們點了兩種蛋糕，我點了咖啡，智子小姐點了洋甘菊茶。旁人會不會覺得我們像夫妻？不，可能會以為我們是姊弟吧。智子小姐看起來比我對人生豁達許多，她即使面臨人生的重大決定，應該也不會煩惱消沉。

「我可以看妳拍的照片嗎？」

智子小姐從皮包裡拿出相機，讓我看她拍的照片。

「……喔，原來妳是搭渡輪來這裡。啊，玉蜀黍，我還沒吃到。」

智子小姐滿面笑容地看著我。也許是因為剛才聽我預告了內心的苦衷，所以很包容我。她已經去過日出公園，不知道是否看到了薰衣草田像海浪般起伏？她就像是一片寧靜的海。

「智子小姐，妳以前學過攝影嗎？」

「我拍得這麼好嗎？」

「好得讓我有點自愧不如。」

「我沒學過拍照，但我爸爸以前在電視台從事影像方面的工作，所以曾經教過我。」

和我無緣的世界就這樣輕鬆出現了。

「所以是得自專家中的專家親授。」

早知道不應該提起我想要當攝影師這件事。

「拓真，你為我拍的照片真的很棒，你要從此放棄攝影真的太可惜了。」

「……因為我要回老家，繼承我家的魚板工廠。」

「原來是這樣……」

「對不起，難得出來旅行，卻和妳聊這麼不開心的事。但是，剛才看了妳的照片後，我終於決定放下。」

「啊？」

「請妳不要誤會。我不是說攝影技術，而是我發現了自己的不足。如果我搞錯了，還請妳見諒，但我在猜想，妳拍這些照片，是不是想要讓即將出生的女兒看到妳們一起旅行的風景？」

「你怎麼知道？」

「看到妳懷孕，想像力不算豐富的我也可以猜到，但即使光看照片，也可以感受到妳想要和心愛的人分享這些風景。我的照片……我只是喜歡攝影而已，但並沒有更進一步的感情。」

「我倒覺得喜歡拍照這件事本身最重要呢。……啊，蛋糕來了。」

我們點的餐點送了上來，智子小姐用叉子把起司蛋糕和巧克力蛋糕切成兩半，然後相互交換。

「吃吧。」

智子小姐語氣開朗地說道，但她吃起司蛋糕時，露出了若有所思的表情。她在思考該如何安慰我嗎？我把叉子插進切成半塊的巧克力蛋糕，咬了一大口。

「嗯，真好吃！」

我搞笑地說道，智子小姐一臉嚴肅地看著我。

「拓真，你喜歡看小說嗎？」

「平時很少看，但我喜歡看漫畫。」

「我有一本小說想給你看，是短篇，即使平時不看小說的人，應該也不會太吃力。」

「現在？在這裡嗎？」

「不，我的旅行袋放在車站的投幣式置物櫃裡，小說在旅行袋裡。我送給你，你可以找時間看。」

我點了點頭，智子小姐露出笑容。

「你有沒有聽過松木流星？」

她突然改變了話題，我回答說，曾經看過根據他的小說改編的兩小時電視劇。智子小姐興奮地問我是哪一部作品、有哪些演員，和我討論了電視劇，最後用堅定的語氣說，她喜歡電視劇。

我們又去了七星淡菸山丘，回到了美瑛車站。智子小姐在投幣式置物櫃前交給我的並不是一本書，而是一個牛皮紙信封，裡面放著訂在一起的一疊紙。我問智子小姐，是不是她寫的小說，她說是在渡輪上認識的人送她的，完全不知道是小說家寫的，還是外行人寫的，甚至不知道是真實故事，還是虛構的情節，但她看完之後，覺得很慶幸看了這個故事，所以希望和我分享。

「如果不喜歡，扔了也沒關係。」聽她這麼說，反而讓我覺得無論如何都一定要看，我告訴她，我馬上就看，然後在驗票口目送她離開。

太陽高掛在天空上，我從可以欣賞美瑛山丘全景的車站，走去附近的西北山丘展望公園，在那裡看小說。

繪美出生在一個深山的城鎮，她的父母都忙於家業的麵包店，她自己也在畢業旅行的前一天發高燒，所以從來沒有離開過狹小的城鎮，每天都在那裡生活。但是，繪美富有想像力，透過同學接觸了推理小說，自己也開始寫小說。經過一段時間後，當紅作家松木流星注意到她的作品，希望她去東京成為他的徒弟。對繪美來說，簡直就像是做夢般的轉機，只可惜機會來得太晚，繪美已經有了未婚夫，父母也不希望她當作家，更希望她嫁給未婚夫後繼承家業。繪美一度決定放棄作家夢，但最後還是無法割捨，於是不告而別，獨自前往車站，沒想到在車站見到的未婚夫，好像早就在那裡等她——。

我坐在可以俯瞰整個公園的長椅上，維持相同的姿勢，一口氣看到最後一頁。平時很少看書的我能夠這麼專心，應該是我在繪美身上看到了自己的影子。深山裡的城鎮和海邊的城鎮；開麵包店的父母和經營魚板工廠的父母；作家夢和成為攝影師的夢；就連無法得到家人的支持這一點，也和我完全一樣。

正因為如此，我才一頁一頁看下去，想要知道結局，但故事就在她看到未婚夫等在車站那一幕結束了。

這是怎麼回事？我想傳訊息問智子小姐，但隨即想到，這部作品可能原本就沒有結局，而是要求讀者自己思考結局。

果真如此的話，我希望繪美有怎樣的結局？如果能夠如我的願，當然希望她去東京成為作家。雖然最後的結尾看起來好像是她站在人生的十字路口，但仔細重溫之後，發現她其實並沒有陷入窮途末路的境遇。

因為她根本沒有背負任何壓力。

等在車站的男人只是她的未婚夫，並不是她的丈夫，她的肚子裡應該也沒有孩子。當初並不是因為欠債而被逼和她的未婚夫訂婚，所以即使和未婚夫分手，雙方固然會受到一點傷害，但並不至於承受太大的損害。她的未婚夫看起來是一個很理智的人，似乎不會惱羞成怒而殺了繪美。他有學歷，也有教師這個穩定的職業，應該很快就會交到新的女朋友。

至於繪美的父母，當然會擔心女兒是被風流成性的作家慫恿，但這種不安並不至於對日常生活造成影響。他們都很年輕，身體也很健康，並不需要靠女兒。……這是我和繪美最大的不同。

三個月前，我爸罹患肺癌去世了。

因為並不是突然離開人世，所以有時間和家人討論日後的安排，但是，我媽、姊姊和哥哥從來沒有和我討論過我爸的身後事，雖然醫生已經宣告爸爸餘命有限，但我爸並沒有放棄希望，反而好像擔心原本可能有希望恢復，但因為討論了死後的安排，結果破壞了這種可能性。

況且，我是家中的么子，既不住家裡，又不住在可以隨時去醫院照顧的距離。我媽和姊姊住得很近，隨時了解我爸的病情變化，可能曾經討論過後續的事宜。

哥哥雖然和我一樣住在離家很遠的地方，但因為我爸並沒有加入癌症保險，在需要支付高額的治療費時，幾乎由他全額負擔。所以我媽可能曾經透過電話或是傳訊息的方式，和他討論過我爸死後的安排。

他們一定討論了我爸的後事，唯獨把我排除在外。

正因為如此，在我爸的葬禮結束後，全家人坐下來討論時，我媽、姊姊和哥哥的意見完全一致。

我必須繼承魚板工廠。

他們知道我想要成為攝影家，也知道我在比賽中得獎，我也告訴過他們，我有機會成為職業攝影師，但沒有人對我說，既然這樣，那你就不用繼承家業了。

通常不是都由長子繼承家業嗎？雖然我這麼想，但之所以沒有說出口，是因為哥哥在東京的一流證券公司上班，放棄一千萬的年薪，回來繼承這家每個月在赤字和黑字之間徘徊、勉強可以維持的魚板工廠，根本沒有好處。更何況他已經結婚，有兩個孩子，老大才剛進知名的私立小學。
姊姊還是單身，住在老家鄰近的城鎮，她目前是小學老師，也有一份穩定的職業。我當然知道學校禁止老師兼副業，而且魚板工廠也不是兼職能夠勝任的輕鬆工作。
如果我媽身體健康，我還能夠更明確表達自己的主張，只是我媽五年前出了車禍後，右腿就一直很不方便。雖然可以在辦公室處理業務，但很難繼續在工廠站著工作。
或許可以關閉工廠，或是把工廠賣給別人，但是，把結束爸媽辛苦建立的工廠，和放棄夢想放在天秤上，衡量哪一個決定更痛苦時，總覺得前者的分量更重，所以我無言以對。
但是，既然這樣，大家不是應該拜託我繼承魚板工廠嗎？如果這樣，我也更能乾脆地做出決定。
但他們為什麼要用那種方式說話？
——拓真，那是爸爸為你做出的決定。
正因為我處於這樣的狀況，所以我希望繪美能夠拋棄故鄉，努力成為作家，但我不認為繪美能夠成功。
她並沒有向未婚夫提出分手，而是請對方等她三年，可見她根本沒有任何決心。雖然她嚮往作家，但並沒有想要創作的欲望。
她在高中時寫的作品受到稱讚，她回想起當初的熱情，所以去了車站，但她內心並沒有想要創作新故事的感情。只不過一度受到反對，就哭著放棄，然後又突然想起這件事，決定離家出走。在這段期間內，她完全沒有寫過一行字，腦袋裡也沒有滿出來的故事。

難道她沒有無論如何都想要寫出來的故事，沒有想過要用這個故事，向未婚夫和父母證明自己有成為作家的才華嗎？

她的情況，根本只是一個鄉下少女嚮往都市光鮮亮麗的職業而已，即使得到她的未婚夫和家人的理解去了東京，恐怕也很難寫出震撼人心的作品。

一旦失敗，她還有可以哭著回去的地方。但是，萬一她的未婚夫變心怎麼辦？萬一她的父母收了那家麵包店怎麼辦？

到時候她會後悔，早知道當初應該聽周圍人的勸阻嗎？會不會覺得結婚之後，在麵包店工作，夢想著自己或許有機會成為作家的生活更幸福？

……我會不會也這麼想？

我放棄了夢想，覺得自己淪為犧牲品，但還是同意繼承魚板工廠。每次想到為什麼要由我來繼承，心情就很鬱悶。雖然我要求我媽把二樓原本我們三姊弟住的房間打通，變成我專用的寬敞房間，還要求給我一個月自由時間，讓我出門旅行攝影，向夢想告別，但難道內心深處，沒有鬆了一口氣嗎？

難道沒有為終於找到了放棄夢想的理由鬆了一口氣嗎？

在就讀攝影專科學校時，我曾經在打工時擔任職業攝影師的助理，但從來沒有接到過任何能夠稱為機會的工作。即使參加攝影比賽，也無法得到亮麗的成果，有一段時間經常捫心自問，真的要繼續這樣的生活嗎？但還是相信只要不放棄，總有一天會等到機會。

為了支持我的家人，一定要成為職業攝影師……。

聽說我爸在臨終之前為我感到擔心，當姊姊和哥哥去病房探視時，低頭拜託他們，希望由我繼承魚板工廠。這代表我爸認為我無法成為職業攝影師，雖然我得獎時，我爸曾經稱讚我，但只是認為業餘攝影師能夠拍出這樣的作品很不錯。

正因為如此，他才會對年滿三十，仍然持續追尋無法完成的夢想的么子感到擔心不已。

如果我爸可以多活一個月，得知一流風景攝影師黑木讓二問我要不要當他的助理，還會留下遺言，要求我繼承魚板工廠嗎？

但因為我爸已經離開，所以也不必告訴他，黑木先生說我的作品還差一步，還缺少一點什麼。我原本以為，在擔任崇拜的攝影師助理期間，能夠發現自己的作品到底少了什麼。反過來說，因為我決定繼承魚板工廠，所以可以告訴自己，必須放棄成為職業攝影師的夢想，而且永遠沒機會知道答案。

我不知道智子小姐是否猜到了我的情況，她把這本小說交給我時，沒有表達任何意見和解釋，是不是希望我自己尋找答案？

如果由我來寫這個故事的結局……。

繪美來到車站，和未婚夫一起回到家裡，但並沒有放棄成為作家的夢想，而是她判斷既然想要成為作家，現在時機還未成熟。在充滿愛的環境下長大的繪美缺乏貪欲，沒有貪欲的人不可能了解自己內在的靈魂到底渴望什麼，想要創作出怎樣的作品。

只有下定決心放棄夢想，身體深處仍然有想要書寫的渴望，把這種渴望訴諸文字，才能完成只有繪美才能呈現的作品，才具有出版的價值。

或許有人認為機會難得，與其擔心自己可能沒有足夠的實力，更應該牢牢把握眼前的機會。

但是，有志投入文學或藝術行列的人，首先必須面對自己。只要是用靈魂創作的作品，一定會被人看到。無論作者住在鄉村或城市，最終都是作品受到評價。只要作品出色，即使她住在深山，編輯也會願意專程去拿稿子。

繪美繼續住在深山的城鎮，用靈魂編織的作品震撼了日本各地讀者的心，不是比去大城市之後成為知名作家更令人痛快嗎？

我並沒有為了繼承家業放棄夢想，而是主動放棄夢想，想要創造出我的靈魂渴求的作品。十歲的我之所以能夠拍出出色的照片，不就是因為只有三次機會嗎？正因為能夠拍的張數有限，才能夠將焦點放在我真正想拍的事物上。

為了記錄此刻的想法，我放下那疊紙，拿起了相機。

漫漫崎嶇路

沿著國道二三七號，從富良野到旭川大約五十八公里。

——我的興趣是騎單車。

每次我這麼告訴別人，別人都會說，真悠閒啊。如果有人問我，是不是在河邊騎車？我絕對不會不置可否地笑著敷衍，而是認真向對方說明。

——我都騎單車旅行。有時候繞北海道一周，也曾縱貫東北，去信州時，曾經挑戰超級林道。我當然還去過九州和四國，雖然我很想花半年的時間騎單車環遊日本，但我告訴自己，父母讓我讀大學並不是為了讓我騎單車四處玩樂，而是要我好好讀書，所以只能每逢假日出遊。夏天盡可能去北方，春天和秋天專攻南方。只要有三天連假，就去中國地區或是東海地區等還沒有涉足的地方。我通常都搭電車或船抵達當地後，再騎單車挑戰單車路線。搭電車時，都會把單車折起後放進袋子搬運。單車裝進攜車袋後分量不輕，再加上其他行李，往往超過十五公斤。我騎車幾乎沒有跌倒受傷過，但扛著攜車袋走路時，攜車袋經常撞到手臂和大腿，撞出不少瘀青。全家一起去溫泉旅行，聽到母親嘆息時，我總覺得有點對不起她，但在騎遍全國所有都道府縣的瞬間，那種成就感可以趕走瘀青、曬黑、黑斑、雀斑，以及在坡道、雨中長時間騎行的痛苦。我最後前往的地點是沖繩縣，也去了宮古島、石垣島、西表島等八重山群島，雖然海浪和海風讓單車看起來很髒，但每次旅行回家，我都會仔細保養，所以隨時都可以出發。單車是我的重要夥伴。

在應徵工作時，我簡單扼要地談論了這件事，並希望能夠靈活運用這些經驗……。結果暑假之前，就得到了我很希望進入的一家節目製作公司的內定。雖然並不是最大規模的節目製作公司，但曾經拍過好幾部令人印象深刻的電視劇，雖然不知道能不能被分配到電視劇部門，但能夠從事有故事的工作令人高興。

而且，在大學最後一個暑假，我得以再度騎單車遊北海道。

雖然前往全國各都道府縣時，每個地方都各有所長，但騎車旅行想要再度造訪的地方，當然首推北海道。我絕對不是因為上個月才分手的清水剛生，和他新結交的女朋友去沖繩旅行，所以我才選擇北方大地洩憤。

寬敞筆直的道路兩旁都是馬鈴薯田，我想起小學的家政課曾經學過，白花是男爵，粉紅花是五月女王。男爵馬鈴薯適合用來做出粉粉的口感，五月女王適合用於咖哩和洋芋燉肉等燉煮料理，洋芋片也要用男爵。一大片向地平線綿延的農田都是白色的花。

到底可以做多少袋洋芋片？

——妳不能想一些更深奧的事嗎？像是發現自己在廣大的土地上只是一個小點，思考一下自己的存在意義到底是什麼。

每次旅行回家，剛生都會這麼數落我。我在旅行時不太喜歡用手機，因為不時收到速食店的折價券或是租片行的廣告，就無法再有遠離日常生活的感覺，但是，每次遇到令人震撼的風景，就會拍下照片，附上簡短的訊息傳給剛生。

他對我傳送的訊息做了總結評語。

——比方說，也許妳眼前是一片綠意盎然的大地，但畢竟是在北海道，之前不是曾經被厚雪覆蓋嗎？光是想像經歷過那段冰天雪地的時期後植物冒芽的畫面，我就可以感受到豐收的尊貴。但是，妳傳給我的訊息卻是什麼馬鈴薯粉粉的口味，或是蒸馬鈴薯，這已經不是自我而已，而是愚蠢了。

那是他對於我傳了一張滿是白花的馬鈴薯田照片後，附上了『把馬鈴薯切成大塊，加水煮熟後，再把水收乾，只要撒一點鹽，拿來配啤酒，超好吃』的訊息所發表的意見。

——旅行最大的樂趣，不就在於能夠感受日常生活中難以發現的事物嗎？妳完全不去感受這些，只知道這很漂亮，那很好吃。小綾，我覺得妳的感性實在太膚淺了。

雖然回想起他的這番話，覺得他太過分，但當初帶著反省的心情，覺得也許他說的沒錯，是因為我內心對剛生有幾分尊敬。

——這也反映在妳的作品中。

我並不是上大學後，立刻開始騎車。

我想要挑戰新的事物，最初敲開的是文藝同好會的大門。

我從讀小學開始就喜歡看書，五年級的時候，第一次自己寫故事。國文課時，老師要我們看一張畫編故事。看著兔子仰望星空的畫發揮想像力後，覺得很有趣，然後提起筆一個勁地寫。

兔子為什麼要抬頭看星星？是用線把星星和星星連結起來，連成了胡蘿蔔星座和高麗菜星座嗎？還是母兔星座？天黑了，兔子一個人仰望星空，牠的媽媽去了哪裡……？

寫到一半時，我忍不住噗哧笑了起來，寫到最後，忍不住流下了眼淚。我非常滿意自己的作品，覺得自己寫了一個很好看的故事。聽說寫得好的作品會貼在走廊的布告欄上，當時還心癢癢地覺得被大家看到真不好意思，期待公布的那一天。沒想到在全班三十個同學中選出五篇的優秀作品裡，並沒有我寫的作文。

我咬緊牙關，努力忍著淚水，看了其中一篇公布的作文。老師在認為特別出色的地方用紅筆畫了波浪線。

『像閃亮的星星般晶瑩的淚珠，順著兔子紅得像蘋果般的臉頰，像糖果滾落般撲簌簌地滑了下來。』

問題是兔子的臉頰並不紅，也沒有流眼淚，但畢竟是編故事，所以我也就不多計較了，只是我仍然搞不懂這篇文章好在哪裡。直到很久之後才想到，那是在學習比喻之後叫我們練習的作文，我的作文完全沒有使用任何一句比喻。

我喜歡寫故事，只是寫得不好。我只是為此感到沮喪而已。

那次之後，即使寫了故事，也不會給別人看，只要自己樂在其中就好。

之所以想要參加文藝同好會，是因為我覺得去那裡學好基礎後，或許可以提升寫故事的技巧，也許可以介紹我參考一些出色的教科書。當時，我就讀的也不是文學院，而是社科院。

剛生和我同一天提出入會申請。他是文學院國文系的學生，加入同好會的第一天，就加入了學長、學姊的文學討論，落落大方地談論三島如何如何、三島的作品如何如何、對三島而言，又是如何如何，表達他對文學的看法。我覺得他的樣子很帥。

——我希望可以寫出像三浦綾子的《冰點》那樣的作品。

我費了很大的勁，才用這種方式向大家自我介紹。我沒有馬上領會他們口中的三島就是三島由紀夫，也從來沒看過三島的作品。我絕對不能讓他們知道這件事，所以緊緊閉上嘴巴，從內側用力咬緊上下嘴唇，一臉佩服地聽著剛生口沫橫飛地發表的見解，頻頻點頭表示同意。

活動結束準備離開時，剛生問我喜歡三島的哪一部作品。我立刻回答是《金閣寺》和《潮騷》，那是以前為了應付國文課上要填寫作者名和作品名連連看題目時死記硬背的知識，然後騙他說，我只看過這兩本。

——妳真是狠角色，憑這樣就敢加入文藝同好會。

我感到羞愧不已，但剛生看起來不像是輕視我。

——想要寫，首先必須大量閱讀。

他這麼對我說，然後就以借書為由，帶我去他租的公寓，我為他做晚餐表達謝意，久而久之，就變成了男女朋友。我們都沒有說過「喜歡」或是「請和我交往」之類的話，但我覺得對文學有獨特見解的剛生很厲害，令我感到尊敬，對我而言，這是和喜歡屬於相同類型的感情，所以我一直覺得是我先喜歡他。

也許對剛生來說，他想要的也不是「喜歡」，而是覺得他「很厲害」的女朋友。

前面就是深山嶺，左前方有一個很大的休息站。我被奶油的香氣吸引，身體傾向那個方向。即使不需要用力轉動把手的方向，單車也可以輕鬆騎向想去的方向。

電車、汽車、機車、徒步。很多人以各種不同的方式在北海道旅行，大家都會主張各自的優點，但我喜歡單車這種想去哪裡就去哪裡，隨心所欲改變路線的優點。

我在一排看起來好像路邊攤攤位的店門前長椅上吃了熱騰騰的奶油馬鈴薯後，又買了煮熟的玉米。雖然吃完奶油馬鈴薯已經很飽了，但還是無法忽略寫著「日本第一好吃玉米」的旗幟。無論是富士山還是桃太郎，一旦搭配「日本第一」這句話，就具有魅力百增的威力。

白色的玉米閃著光，甚至可以用「像珍珠一樣」這幾個字來形容。因為那不是傳統的黃色玉米，而是白色圓形的玉米粒排得密密實實。可能是不同的品種。咬一口下去，真的很甜。我以為是自己的先入之見，所以又咬了一口，還是覺得很甜。在甜味從嘴裡消失之前，緊接著再咬一口。一整排玉米粒被我啃得精光，接下來吃就更方便了，但我很快就感到捨不得，可以這樣一口氣吃完嗎？

我咬了一粒。很甜。

如果是剛生，一定會說這是大地的恩惠熟成後的豐潤甜味，通常甜味會讓人聯想到砂糖的甜味，但砂糖開始在日常生活中使用，是源自……，然後在網路上查一大段關於砂糖的說明文，假裝是自己研究出來的內容，用寫論文的方式長篇大論，問題是「甜味」和故事的主旨並沒有太大的關係。

甜就是甜。這樣不是很簡潔有力嗎？很甜，超甜。這樣不是足夠了嗎？

——妳只會使用這種簡單的表達方式，所以連初選都無法通過。

對讀者來說，到底想吃花了五張稿紙說明甜味的玉米，還是更想吃直截了當用「很甜」這兩個字來表達，然後再加上一句「趁熱三兩口就吃完」的玉米？到底哪一種玉米更好吃？對了，甜味並不是最終的感情，最重要的是，這種甜味好不好吃。

結果比過程更重要，難道不是嗎？

「這個玉米是怎麼回事？甜得有點不真實。」

三個大嬸從遊覽車上走下來，坐在我旁邊的長椅上，其中一個人和我一樣啃著玉米，大聲說道。

「對啊，好像哈密瓜。」

「啊，真好吃。」

玉米攤位前排了不少人，應該不僅是因為那幾個大嬸嗓門很大的關係。她們並不是想要宣傳，也並沒有炫耀自己的語彙能力，只是直接說出自己的感受而已。

這代表直白的語言和行動能夠打動人心嗎？

但是，既然以表達為職業，就必須繼續探究，但並不是堆砌一大堆看似有意義，卻沒有任何實質意思的詞彙。

我從每一排根部開始，把玉米粒啃下來，不浪費任何一顆。腦海中思考著關於表現這個問題的稚拙考察，但眺望著筆直地朝向地平線延伸的道路，覺得思考這種問題太麻煩了。

不需要用腦袋創作，只要接受眼前的事物，憑自己的感覺採取行動。在行動的過程中接觸到出乎想像的世界時，不是會產生感動嗎？

雖然對只剩下芯的玉米有點依依不捨，但在離開富良野之前的點心當然非夕張哈密瓜莫屬。有人在賣切成六分之一的切片哈密瓜。滋潤的橘色果肉，讓我體會到不同於玉米的另一種甜味。

北海道的食物真好吃。——就這樣。

美瑛的全景路旁有一家名叫「拓真館」的知名攝影美術館，我上次來北海道時已經充分欣賞過了，所以我沒有停下，繼續沿著國道前進。到旭川之前，要一直不停地騎，沿途有很多宜人的風景，像拼布般的山丘很可愛，地平線讓我知道，地球是圓的。

但是，筆直延伸的寬敞道路並不平坦，不斷起起伏伏，即使在下坡時加速，這股氣勢也很難撐到上坡路段的十分之三。單車有前三段、後七段，總共二十一段變速，我都把檔位固定在前二段、後四段的正中間位置爬坡。太輕時，踩踏的次數就會增加，這是我在爬坡時的最佳檔位。

兩輛機車超越了我，騎士向後伸出手，向我比出勝利的手勢，我也回以勝利手勢。對爬坡根本不費吹灰之力的騎士來說，崎嶇不平的長路是騎起來很舒適的道路。

如果公寓附近的那家是機車行，我現在會騎著機車行駛在這條路上嗎？會在櫥窗內看到讓我一見鍾情，覺得「我想要騎」的機車嗎？就像這輛單車一樣。

大家每次聽到我騎的是旅行單車，就會問我是不是登山車。當我否定時，就會問是不是公路車。但是，我的單車既不是登山車，也不是公路車。

旅行單車。外形有點像公路車，但框架和輪胎都比公路車更粗，適合在柏油路上長距離行駛。二、三十年前，這是旅行用單車的主流，但現在幾乎很少生產。單車行的老闆喜歡這種稀有的單車，所以放在櫥窗內。

我從小在山裡的城鎮長大，單車是重要的交涌工具。父親經常出差，之後又隻身去外地工作，幾乎都不在家，母親很容易暈車，即使自己開車也會暈車，所以幾乎沒有開車或搭巴士離開城鎮的機會。在城鎮生活，幾乎在鎮上就可以搞定所有的事，雖然那裡沒有書店和唱片行，但只要利用網路郵購就可以解決。只是春假和暑假這些長期休假時，無法跟著大人去旅行讓人感到有點不滿。

雖然收到朋友外出旅行時帶回來的伴手禮很高興，但每次都讓我覺得自己周圍的世界又小了一圈，也為此感到難過不已。

上了高中後，我的世界終於稍微擴大了。我每天都騎單車上學，只是路途並不輕鬆，單程就有十五公里，而且還要穿越有隧道的坡道，但家裡幫我買了三段變速的淑女車後，頓時覺得擁有了最強大的交通工具。

高中附近有全國連鎖的超商和咖啡店，以及服裝量販店，放學後稍微逛一下，就覺得有血拼的感覺。

假日感到無聊的時候，就會騎車去鄰近的城鎮，在大型書店的文庫書籍區，拿起看起來很精彩的書嚴格挑選。書還是要現場挑選比較好。去書店後，可以知道有許多自己不認識的作家。雖然現在知道這是理所當然的事，但以網路搜尋的方式買書時，只知道自己認識的作家，通常只有排行榜上的前五名而已。

但是，一旦走進書店，就有很多新奇的邂逅。放長假時，每次都會買一大堆書，放滿單車前的籃子，隔天就開始沉浸在這些書的世界中。騎單車去鄰近城鎮買書，那些書把我帶去更遙遠的地方。

書和單車有一個共同點，都可以擴展我的世界。

上大學後，我不僅離開了城鎮，甚至離開了從小長大的縣。來到神戶後，覺得自己的世界變得很大而感到滿足，某次偶然看到看起來不像是騎在街頭的深藍色車體單車，立刻預感它可以帶我去更遙遠的地方，於是我用盡當時所有的存款，當天就買了下來。

我原本只計畫騎去神戶、大阪和京都，雖然因為沒有明確的印象，所以無法確定，但搞不好根本沒想要騎去京都，只是想從三宮騎到大阪而已。

但是，車行的大叔冷不防地問我。

——妳打算騎去北海道嗎？

高中畢業旅行時，我曾經到過最南方的沖繩，但往北的話，京都是最北、最東，對我來說，北海道簡直就像是外國地名。

——可以騎單車去那麼遠的地方嗎？

我探出身體問道，大叔反問我買這輛旅行單車的目的是什麼？這不是普通單車，而是旅行單車。旅行不是只有騎機車才行嗎？騎單車也可以像騎機車一樣去旅行嗎？一天可以騎幾公里？騎單車要幾天才能到北海道？我又用一個又一個問題反問了大叔。

大叔以為我是某個單車協會的人，才會上門買這種罕見的旅行單車。當他得知我並不屬於任何團體，甚至不知道可以騎單車旅行後，立刻出示了自己騎單車旅行時的照片和單車路線圖，向我說明了單車旅行的基本中的基本。

原本以為騎單車旅行是只有電視上會介紹的稀奇事，從大叔口中得知，每年夏天都有幾百個人騎單車去北海道，女人單獨騎單車旅行也很常見後，夢想漸漸在我內心有了真實的味道。

我買下那輛單車，向大叔請教了必要的工具和建立旅行計畫的方法，三年前的夏天，第一次去北海道。包括搭渡輪移動的時間在內，那趟旅行總共花了兩個星期。

在當時的感覺中，北方大地比現在大了好幾倍，出現在眼前的道路彷彿沒有盡頭。每次來到上坡路段就很想哭，搞不懂為什麼要這樣折磨自己。

那種感覺只出現過一次，第二次時，有點期待是否可以發現之前內心缺乏餘裕時所沒有發現的事物。

不光是努力發現旅行和故事的共同點，還期待可以發現兩者融合的情況。

第一次旅行結束回到神戶的公寓時，我做的第一件事就是開始寫小說。寫下以自己為藍本的主人翁騎著單車去北海道旅行，在這個過程中得到成長的故事。

騎在農田附近時，農戶家的大嬸叫住我，請我吃哈密瓜；騎在港邊時，漁夫大叔問我要不要搭船，我在船上根本沒有幫什麼忙，大叔就請我吃魷魚生魚片，吃得我快撐死了。雖然我很高興，但旅行越久，越覺得自己給當地人添了麻煩，漸漸產生了罪惡感，不知道自己到底為什麼來這裡。

當我在拉麵店和剛好坐在同桌，也同樣騎單車旅行的男子聊天時，得知他也曾經有過類似的經驗，但他並沒有產生罪惡感。

——記得當場好好道謝，如果仍然覺得不夠，而且也知道對方的住址，回家之後，再寫信鄭重道謝，但我相信對方並不期待得到這樣的回報。報恩並不一定是回報給善待妳的人，也可以把愛傳出去。

說完，他站了起來，同時帶走了我的帳單。

——我在學生時代，也曾經被很多上班族單車手請客。

最後，那一碗拉麵也是他請客，但我內心不再產生罪惡感。

——謝謝你！謝謝你請客！祝你有一趟美好的旅程。

當我大聲地對他說這句話時，累積在內心的罪惡感也煙消雲散了。

我在小說中融入了這些插曲，寫了長達兩百頁稿紙的作品，最先拿給剛生看。雖然他是我的男朋友，但把參加文藝同好會後第一次寫的作品拿給別人看，內心還是有所抵抗，但花了兩個星期，獨自完成單車旅行的滿足感激勵了我。我緊張不已地等待剛生的感想，很希望他能夠從故事中感受到從我在旅途中傳給他那些附照片的訊息中無法傳達的感動。

沒想到並沒有聽到任何我期待中的話。

——這根本和外行人的部落格差不多啊，與其結合這種不上不下的創作，還不如用日記的方式如實記錄沿途所發生的事。只不過對除了妳以外的其他人來說，這種小說根本沒有任何價值。

我比在教室外的布告欄上沒有看到自己的作品時更加深受打擊，但他無情的批評並沒有因此停止。

——妳當初加入文藝同好會到底有什麼目標？聽妳所喜歡的作品，知道是偏向大眾文學。喔，我無法原諒把娛樂這兩個字用於文藝，有太多人沒有發現這會導致文藝價值的降低。算了，先不說這些，總之，在妳認真面對文學之前，不要輕易選擇輕鬆的形式。妳有沒有看過畢卡索的素描？正因為有一流的基礎，才能夠發揮出獨創性。妳能理解我說的意思嗎？

我大致能夠理解，但在深入思考這些話的意思之前，我更感到痛苦不已，只能不停地用長袖襯衫的袖口擦著流下的淚水。我之所以沒有轉身走開，是因為剛生的手溫柔地摸著我的肩膀。

——對不起。因為我擔心了兩個星期，所以有七成是在洩憤，還有一成是羨慕妳一定玩得很開心。我不在妳身邊，但妳傳回來的訊息中，完全感受不到妳很想我，這種情緒又占了一成。

無論旅行還是文學，都無所謂了。之後，剛生給我看了在我去旅行的兩個星期期間，他閉關創作完成的短篇小說。小說中出現了金科玉律、愚者千慮，必有一得這些我以前從來沒看過的成語，對內容也一知半解，但聽到他要參加曾經創造了很多知名作家的白樺文學獎，再度了解到，剛生真的立志成為作家，也為自己感到羞愧。

只不過一個人出門旅行兩個星期，我竟然就以為只有自己體會到世界有多麼遼闊。

三個月後，得知剛生的作品通過了初選，當然比之前更尊敬他，也發誓要寫出讓他認為可以稱為文學的作品。

我用了許多其實自己並不喜歡的比喻，以及在日常生活中，從來沒有用過的成語、諺語，剛生看了之後，稱讚說比之前有進步，但即使去參加文學獎，我的名字也從來未出現在通過初選的入圍名單上。和小學生時一樣，我再度認識到自己沒有寫小說的才華，在升上三年級之前，再度放棄了寫作。

原本以為剛生看到我完全不再寫文章會很生氣，沒想到他很溫柔地對我說，不必勉強寫作，當我騎單車出門旅行時，他比以前更溫柔地為我送行。

他也不再批評我傳給他的訊息內容很拙劣。

……身體懸空，膝蓋一陣疼痛。前輪壓到石頭，單車倒了下來，我整個人都摔了出去。因為我在下坡道時沒有剎車，這是我的壞習慣，為了減少上坡時的負擔，每次都會在下坡時過度加速，幸好沒有車子經過。

我扶起單車，推到路旁。右腿膝蓋流了血，但我沒有帶OK繃。第一次旅行時，我準備了消毒藥和痠痛膏藥，結果完全沒有用到，差不多一年前左右，我就把它們從攜帶物品的清單上刪除了。

這是我在單車旅行時第一次流血。我用水壺裡的水沖洗傷口，用毛巾按壓了兩、三次後，順利止了血。傷勢並不嚴重，也沒有感到疼痛。

因為我在想剛生的事，沒看到差不多像拳頭大的石頭。為這種無聊的原因跌倒讓我更懊惱。

我進入了旭川市區，道路兩旁的景色出現了成排的建築物，不再是禮品店或是掛著花俏看板的餐廳等等針對觀光客的商店，而是手機店、量販店這些所有城市都可以看到的商店。全國各地通往市區的入口幾乎都大同小異，無論造訪任何一個城市，都有那麼一剎那，以為快要到老家了，但隨著漸漸接近市區中心，那個城市的特色就越來越強烈，終於想起自己是在旅途上。

已經過了午餐時間，我想找一家拉麵店吃午餐，發現國道後方的那條路上有一家便利商店。我要去買OK繃，所以把單車停在停車場前。雖然這裡算是一個大城市，但停車場是超商的三倍大，和鄉下老家那裡一樣。老家那裡的城鎮自從兩年前建了便利超商後，偌大的停車場就成為當地高中生聚集的地方。

這裡也一樣。五、六個身穿制服，看起來像是中學生的男生可能參加完社團活動或是補習班，也可能是學校放學，他們把淑女車停在超商陰影的角落，坐在地上喝果汁。其中一個人喝著裝在綠色瓶子裡的汽水，和我老家公共澡堂賣的汽水相同，我不由得高興起來，原來現在還有生產這種汽水。

我買了OK繃和汽水，坐在單車前方。在日常生活中，我絕對不可能坐在便利超商的停車場喝汽水，這也是只有旅行時才會做的事情之一。我巡視著停車場，發現有一個男人靠在白色汽車上，正在吃冰淇淋。我猜想他應該也是來這裡旅行的人。

找到了同伴，安心地喝著汽水時，突然聽到一個充滿怒氣的聲音。「你說什麼！」是從那幾個中學生那裡傳來的。

「你再說一次看看，喂！」

同一個人的聲音怒氣沖沖地叫著，響徹整個停車場。說話的男生站了起來，走向坐在最角落的男生，抓住了他的襯衫衣領，揮起拳頭揍了一拳。

我的胸口好像被人揪了一把，身體縮成一團，不知道發生了什麼事，但兩隻腳無法移動。周圍的其他男人也不知所措，可能另一個人說了很讓人生氣的話，那個打人的男生怒氣仍然未消。

「你要向我道歉，你給我跪下！」

他氣得連聲音都變了調，但被揍的那個人無意道歉。雖然看不到他的表情，但似乎直視著揍他的那個男生。難道他嚇得說不出話了嗎？還是搞不懂朋友動怒的原因挨了揍，腦筋一片空白？

「搞什麼啊！」

打人的男生鬆了手，站了起來。被打的男生雙肘撐在地上，微微撐起了身體。我以為打架終於結束，暗自鬆了一口氣，沒想到打人的男生彎下腰，抓起了什麼東西，然後舉了起來。是汽水瓶子。

「不能用瓶子……」

我叫了起來，但他們並沒有聽到。這時，揮起瓶子的男生雙手被人從背後抓住了。是剛才在吃冰淇淋的男人。

「你幹嘛？」

男生被抓著雙手，轉過頭瞪著冰淇淋男。

「不能用瓶子。」

「啊？關你什麼事啊！」

「我不知道你們是什麼關係，但不能用瓶子打人。」
「……囉嗦。」
打人的男生甩開了冰淇淋男，把瓶子丟在腳下，騎上單車離開了停車場。除了被打的男生以外，其他人慌忙追了上去。原來他們支持那個男生。停車場內只剩下那個挨打的男生。
「你沒事吧？」
冰淇淋男伸出手，但被打的男生不理會他，自己站了起來。他流著鼻血，但他沒有擦，只是拍了拍屁股上的泥土。
「要不要這個？」
冰淇淋男從上衣口袋裡拿出手帕遞給男生。
「別……」
我聽不清楚那個男生說什麼，但他沒有接過手帕，騎著單車離開停車場，騎向和剛才那些人相同的方向。
男人一臉無奈的表情看向我……但我好像看錯了，我向他微微欠身，他似乎沒看到我，走向和剛才那些男生相反的方向。
我獨自在停車場內，膝蓋發著抖，快要哭出來了。膝蓋的傷口已經止了血，也不痛了，我貼了OK繃之後，雙手用力拍著大腿激勵自己，然後站了起來。
好可怕，到底是怎麼回事？我很想和別人討論，但我心裡很清楚，即使有討論的對象，也無法讓我心情好起來。我是一個沒有勇氣的渺小人物，一旦被這種想法糾纏，就想要混入人群中。

前往目的地吧——。

造訪了三浦綾子文學紀念館後，又去了外國樹種樣本林。紀念館內很擁擠，樹林裡卻很安靜。原本想要擠入人群，但文學館內的每一個人看起來都很深沉，我只好逃了出來。雖然我原本打算好好參觀。

我在高二那年暑假看了三浦綾子的《冰點》。我騎著單車去附近的城鎮，購買大量文庫本書籍時，每次都會決定不同的主題。

今天要選這個主題，今天要挑封面，今天要選排行榜第二名的書……。在山路上騎著單車思考這些事，也是一種樂趣。在想主題的時候，突然有一個名字浮現在腦海。我想起比我小三歲的妹妹曾經看著一個偶像女明星的電視廣告對我說，這個人要演連續劇，似乎知道得很詳細。我調侃說，以為她只對男生有興趣，妹妹回答說，因為那個明星的名字和我一樣，所以就支持她一下。

雖然沒有聽過有作家叫芝田綾子這個名字，但記得有作家叫綾子。

我用書店的查書機查了之後，買了三本三浦綾子的文庫本，分別是《冰點》上下冊和《鹽狩嶺》，還有兩本曾野綾子的《天上之青》上下冊的文庫本。既然有兩位知名作家都叫綾子，可見綾子這個名字很適合成為作家。想到這裡，不由得感到高興，而且思考突然變得很正向，覺得並不是自己不會寫故事，而是寫作能力有問題，等到上大學後，要好好學習如何寫文章。

雖然買這些書是為了消磨漫長的暑假，沒想到我只花了一天時間，就把《冰點》上下冊看完了。我深深地被故事的世界吸引，一直想看之後的發展，而且每一章並不長，每次都想看完這一章就睡覺，結果看完一章又一章，事後才發現，劇情的安排讓人根本無法放下書。

最重要的是作者擅長書中角色的心理刻劃，無論美好的部分還是醜惡的部分都寫得很透徹。不光是主人翁，我能夠理解每個人的心情，正因為如此，那種感情的碰撞令人窒息。我得知還有《續．冰點》，立刻上網訂購，還知道這部作品多次拍成電視劇，所以又去城鎮的圖書館借了DVD。

既有和我所想像的完全相同的畫面，也有完全不同的場景。雖然有很多台詞都來自小說，但不知道為什麼，最打動我的句子沒有出現。白雪茫茫的大地和高大的針葉樹林又深又廣，遠遠超出了我根據自己所熟悉的風景加以想像的規模，把我在閱讀過程中，腦海中所想像的世界變得更加立體。

也許正是因為《冰點》這部作品，讓我在找工作之前，覺得既然自己沒有寫故事的才華，不如從事把出色的故事影像化的工作。

《冰點》這部作品隨時在我心中，對我產生了重大的影響，但我在第一次造訪北海道時並沒有來這裡，是因為我雖然想要尋找單車和閱讀的共同點，卻認為那是兩件不同的事。

單車行的大叔也建議我造訪成為電視劇「來自北國」舞台的富良野，然後把旭川作為中繼站，吃完拉麵，直接前往層雲峽。沒想到反而是剛生讓我把單車和閱讀這兩件事結合在一起。三年級那一年夏天去東北時，我去了五所川原，卻沒有造訪斜陽館，看到剛生一臉好像是自己錯過般的懊惱表情，我才恍然大悟。

當剛生知道比起斜陽館，我更為旭川的事感到懊惱，立刻露出一臉不屑的表情，但不再對已經不寫小說的我說教一些關於文學的長篇大論。

——即使主人翁是殺人兇手的女兒，她本身並沒有任何罪過。那個母親的行為脫離常軌，無法從中感受到真實性，所以無法對作品的世界感同身受。

這是剛生對《冰點》的感想，我很驚訝有人用這種方式詮釋作品，而且是立志成為作家的人。雖然理論上或許如此，但人類的感情往往無法用邏輯解釋，正因為如此，這個世界上有多少人際關係，就有多少故事。

不，只有在想要為心有愧疚的自己辯解時，才會想要用邏輯來說明感情。就好像我在便利超商時一樣，就像那時候一樣——。

剛生雖然知道我開始找工作，但並不知道我報考了電視節目的製作公司。我之所以沒有告訴他，是因為他並沒有找工作。雖然他說是希望能夠在求學期間出道成為作家，所以故意延畢，但我知道他的學分不足，根本無法靠一年的時間補回來。

——目前是這種時代，不必把自己逼得太緊，找工作這種事放輕鬆就好。即使最後找不到任何工作，還可以回老家，靠妳老爸的關係，在農協當事務員。小綾，妳真好，和父母沒有任何不和，有可以隨時回去的避風港。

我並沒有為沒通過面試向他抱怨，他來我住的地方，告訴我他的作品進入白樺文學獎的複選時，看到我房間裡掛著面試時穿的套裝，就說了這番話。

剛生根本就沒想到我可以獲得任何一家公司的內定，他若無其事地說，到時候我回老家就好，難道他當初是抱著一旦畢業，我們之間的關係就結束的想法和我交往嗎？雖然他說可以靠我父親的人脈關係，但我父親是鎮上工廠的鍋爐技師，以前之所以經常隻身去外地工作，就是因為當地沒有工作，他怎麼可能為女兒張羅工作的事？而且，為什麼要我去農協工作？更何況我第一次聽說剛生和他父母不和，每次寶塚劇團月組公演時，剛生的母親就會來神戶，住在剛生的公寓，看起來人很親切。他們之間到底有什麼不和？

剛生經常說我缺乏觀察能力，他覺得自己看人很有眼光，但其實只是創作了膚淺的故事，自認為很能夠了解別人而已。一旦他創作的膚淺故事遭到否定，就覺得別人貶低了他的觀察能力和作家的才華。

正因為如此，他對我得到了製作公司的內定感到很不開心。

我收到內定通知後很高興，約他一起吃飯。原本打算在好一點的餐廳慶祝，但內心深處抱著一絲期待，覺得剛生應該會為我慶祝，還傻傻地幻想著他會說，希望以後可以把他的小說拍成電視劇。那一天，我約他去我們平時常去的居酒屋，說好由我請客，當服務生送來兩杯生啤酒後，我在乾杯之前，把內定通知放在剛生面前。

他並沒有對我說恭喜。

——妳發現自己缺乏文學才華，就跑去電視製作公司，難道妳沒有自尊心嗎？為放棄努力、放棄實現夢想，投入輕鬆世界的人舉杯慶祝，不就像買不起真正的鑽石，結果就對蘇聯鑽感到滿足一樣嗎?我可以為妳找到工作慶祝,但無法為妳乾杯。

說完,他喝著啤酒,滔滔不絕地說如果自己去應徵白樺文學獎以外的文學獎,早就已經得獎了,但如果沒有經過白樺文學獎的洗禮,即使成為作家也毫無價值。

——熱愛電視劇而進入製作公司的人,應該可以製作出好看的作品,但放棄夢想,向現實妥協的人製作的電視劇,根本就是狗屎。只會造成他人的困擾,最終是妳自己會感到痛苦。我看妳還是認真考慮一下,是不是真的要去上班?妳喜歡單車,不是應該朝那個方向發展嗎?像是戶外運動用品店的店員之類的。嗯,妳絕對更適合那種工作,我也希望以後可以看到妳活力充沛的樣子。妳知道嗎?我逢人就炫耀,我女朋友很喜歡旅行。

被他這麼一說,我也覺得好像那種工作更適合我,更對自己沒有寫故事的才華,能不能製作出電視劇感到不安。最重要的是,聽到他說我是他的「女朋友」,我感到很高興,內心忍不住開始動搖,覺得或許應該好好考慮一下,是否還有其他的選項。

沒想到,那天回家的路上……。

在去剛生公寓的途中,從只有路燈些微燈光照亮的小巷內傳來女人的哭喊聲。「住手,不要!」女人的聲音帶著哭腔,我聽到哭喊聲,情不自禁走進小巷,發現一個和我差不多年紀的男人正猛踢倒在地上的女人,踢了一腳又一腳。

——住手!

我不知道自己是先叫喊,還是先衝了出去。當我發現不妙時,已經來到那個男人的面前。

「別管閒事!」男人用力甩了我一巴掌,我倒在地上。

住手！一個男人叫著出現了，但並不是剛生，而是一個陌生男人。謝謝妳，沒事了。那個男人對我說道，我連滾帶爬地回到了大馬路，剛生站在不遠處的路燈下。

——妳流鼻血了，沒事吧？

我心跳加速，幾乎無法呼吸，雙腿顫抖，卻無法撲到他懷裡說，我好害怕。我在離他數步的地方停了下來。

——你為什麼沒有和我一起過去？

我只是把腦海中浮現的想法說了出來，但剛生似乎覺得我在責備他。

——妳這是在怪我嗎？妳想要說，妳有勇氣去救人，我是膽小鬼嗎？

我完全沒有這麼想，只是感到害怕，只是如此而已。

——也許妳以為自己收到了內定通知，就自以為很了不起。如果對方手上有刀子的話，妳要怎麼辦？還是妳已經把這些事情都考慮清楚，才採取行動？妳怎麼可能考慮這麼周全？根本不會想到一旦自己受了傷，或是死了的話，會讓周圍的人多麼傷心。這是妳父母賜予妳的寶貴生命，被賜予生命的人也有義務將自己的生命延續到未來，妳卻認為自己的生命只屬於自己。妳一定覺得妳是靠自己的力量活到今天的吧？獨自去旅行，就可以讓妳有這種想法，從某種意義上來說，是可喜可賀的事，但這只是傲慢。如果妳自認為是正義的使者，悉聽尊便。順便告訴妳，我之所以沒有一起過去，是因為我經常看到他們在這裡吵架，那個輕浮的女人在兩個原本是好朋友的男人之間搖擺不定。是不是像八點檔連續劇？對他們來說，只是遊戲而已，根本不需要外人介入。

既然知道對方沒有拿刀子，既然知道另一個男人很快會來勸阻，不是更應該去幫我嗎？

——妳的衣服沾到了血，要不要先回去？我幫妳攔計程車。

這是我最後一次見到剛生。兩個星期後，我的一個和剛生完全沒有交集的朋友告訴我，她和剛生交往了。我無法理解她為什麼哭著向我道歉，但我不想問她，也不想問剛生到底是怎麼回事。

事態的發展不是太出人意料了嗎？

我到底做錯了什麼？

歐洲赤松、歐洲落葉松、北美喬松、歐洲雲杉。聽說十年前曾經遭遇颱風，但抬頭仰望時，發現針葉樹林比在電視中看到的更高，感覺天空很遙遠。我太渺小了。最好的證明，就是身處這片樹林中，感到很舒服自在。雖然我很想拍下抬頭仰望的景色，但已經沒有附上簡短訊息傳送的對象了。

因為想要用手機拍攝，所以覺得拍完照之後，還沒有結束。我可以用照相機拍照啊。我從霹靂包裡拿出數位相機。這個數位相機很小，但性能很棒，只不過即使把變焦鏡轉到底，也無法把高大的樹木完全拍進畫面。我走到最低處，蹲了下來，舉起相機仰望天空，但無法拍到想要的畫面。

「要不要我幫妳拍？」

背後有人問道。我看過他……是剛才吃冰淇淋的人。雖然我「啊！」了一聲，卻不知道接下來該說什麼，默默把相機交給他。他肩上掛了一個很高級的相機，應該很會拍照吧。

「我想拍出樹木很高大的感覺，好像樹林裡隱藏了很多東西。」
雖然覺得對陌生人提出這樣的要求很丟臉，但還是覺得應該告訴他，我想要的感覺。
「喔，原來如此，有時候會有松鼠。那我試試……」
冰淇淋男拿著相機走向樹木，我並不是說松鼠這種肉眼可以看到的東西，而且更擔心他離樹木那麼近，無法拍出我想要的效果，但讓他隨便拍一張也無所謂。
「這樣可以嗎？」
他走了回來，把相機交給我。畫面上出現了向天空聳立的樹木，還有松鼠出現在後面的樹枝上。
「太厲害了，連松鼠都拍到了。」
「那只是偶然，幸運拍到了。」
如果是用手機拍攝，還可以問要不要把照片傳給他。雖然覺得有點可惜，但想到他的高級相機裡應該拍了很多更厲害的照片，也一定拍到好幾隻松鼠。我向他道了謝，把相機收了起來。
「你是剛才在便利商店的那個人吧？」
我鼓起勇氣問他。
「啊，被妳看到了嗎？真丟臉啊。」
冰淇淋男害羞地抓著頭說道。
「為什麼？我才丟臉呢，只是傻傻地站在那裡。」
即使叫了一聲，但兩隻腳無法移動，之前被甩巴掌時的可怕感覺再度浮現。

「不，但我好像多管閒事了。」

「是嗎？」

被打的男生似乎在臨走時對他說，別多管閒事。冰淇淋男當時救了他，他竟然說這種話，我很生氣，但冰淇淋男一臉無奈地笑了笑，我也跟著笑了笑。

「但如果你當時沒有上前制止，後果不堪設想。」

「嗯，另一個男生可能只是做做樣子，而且被打的那個男生說話很過分。」

原來他聽到了那幾個男生的對話。「雖然是別人說的話，但還是不想轉述給女生聽。」他打了一聲招呼後告訴我，被打的那個男生招惹打人男生的女朋友，甚至主動承認和那個女生上了床，還說了侮辱那個女生的話。

姑且放下認為他們只是鄉村孩子的偏見，正如剛生所說，並不是旁人必須干涉的狀況。

「我也不是基於正義感上前阻止，只是在那一刻覺得不可以用瓶子打人。」

「我也是，不是說他們不可以打架，而是不能用瓶子。」

「所以，幸好阻止他用瓶子。在抓住他手臂時，才覺得自己太衝動了，老實說，心裡有點發毛。……幸好他沒揍我。」

冰淇淋男說完，仰頭看著前面的樹，我也跟著抬起了頭。

「啊，松鼠！」

我們都拿起了相機，暫時進入了攝影時間。

「妳的單車很帥。」

我把相機放進皮包時，他對我說。我不知道他是指單車很帥，還是我騎單車的樣子很帥，所以沒有答腔，他補充說，曾經多次在路上超越我。他開車，怎麼可能多次超越我？我無法理解，他告訴我說，因為他多次停下來拍照，我這才想起，曾經多次超越停在路旁的白色車子。

冰淇淋男名叫柏木拓真。他自我介紹說，就是「拓真館」的拓真，想到他可能也是受到名字的影響而開始學攝影，不由得產生了親近感。聽到他說他在魚板工廠工作，拍照是興趣時，更覺得我和他之間有很多共同點。

「我叫芝田綾子，和三浦綾子的綾子是相同的字。我希望成為像三浦綾子那樣的作家，也曾經試著寫小說，但因為沒有才華，所以就放棄了。已經決定明年要去電視節目製作公司工作，只是有點擔心，我缺乏寫故事的才華，不知道能不能勝任這樣的工作……」

「當然沒問題啊。」

我只是笑著隨口提起這件事，拓真卻一臉嚴肅地回答。

「我沒看過妳寫的作品，所以無法評斷妳的才華，但妳喜歡故事，靠自己的能力爭取到用不同方式創作故事的工作，不是超幸運的嗎？」

「但有人對我說，無法成為作家而逃去製作電視節目的人，根本不可能製作出好節目。」

「誰說的？這種話絕對是嫉妒，那個人一定是羨慕妳能夠接近自己的夢想。」

「真的是這樣嗎？」

「唉，真是的。妳到底想不想創作故事？給妳五秒鐘回答！開始計時，五、四、三……」

「我想！」

我大聲回答，聲音好像穿越了針葉樹林的上空。

「那就好好加油啊。」

拓真露齒一笑。

「啊！」他突然叫了一聲，完全不輸給我剛才的聲音。

「吸引力法則。」

「什麼？」

「我對小說沒什麼興趣，我來這裡，並不是來看樣本林，而是發生了一件事，讓我對作家這個職業產生了興趣……，總之，有一樣東西想要送給妳。」

拓真說完，沿著剛才的來路跑了回去。

他從停車場跑回來時，交給我一個牛皮紙袋的信封。

「這裡面有一篇短篇小說，妳可以找時間看看。」

拓真說完，說他還要去層雲峽，轉身準備離開。十分鐘前，他還很悠閒地拍照片，我感到有點納悶，但他對我說，如果剛才的松鼠拍得很清楚，希望我把照片寄給他，我們相互交換了郵件信箱，所以我知道他並不是急著逃走，暗自鬆了一口氣。

我並沒有急著趕往的目的地，所以乾脆在樣本林內的小廣場上找了一張長椅，坐下來看小說，從信封裡拿出一疊影印紙。

小說的題目叫《天空的彼岸》——。

繪美在深山的城鎮出生、長大，她接觸了推理小說後，也開始寫推理小說。幾年後，住在東京的當紅作家松木流星願意收她為徒。當這個奇蹟般的機會出現在她面前時，她和傾慕多年的火腿哥剛訂了婚。繪美無法得到火腿哥的諒解，決定繼續留在城鎮，但最後還是無法放棄夢想，所以沒有帶行李，就搭上巴士前往車站，沒想到火腿哥在車站等她。

就這樣結束了？我有點失望，但這畢竟不是書，所以即使只是寫到一半也很正常。是拓真寫的嗎？但他剛才說對小說沒有興趣。到底是誰寫的小說？為什麼正在旅行的拓真手上有這部小說？雖然只是短篇小說，但帶著旅行相當不便。

我覺得他剛才匆忙離開，可能就是避免我問他這些問題。他希望我在沒有任何成見的情況下讀這個故事。

在看小說期間，我的腦海中始終浮現老家的鄉村景象。雖然沒有寫具體的城鎮名字，但有很多地方似乎就在描寫我家周圍。比方說，繪美的父母經營的麵包店，在前往鄰近城鎮的巴士站附近，有一家私人經營的麵包店，那是鎮上最好吃的麵包店，我以前騎單車去鄰近城鎮的高中求學時，有時候也會走進那家麵包店。只是那家店並不叫〈薰衣草烘焙坊〉，而是叫〈鈴蘭堂〉，但對繪美來說，鈴蘭也是具有重要意義的花，所以未必完全無關。

因為當時松木流星還在世，所以可以預測故事的背景是在半個世紀前，在第二代接手麵包店之後，可能更改了店名。果真如此的話，就代表繪美並沒有成為作家。鄉村城鎮只要出了作家，一定會在城鎮的歷史上留名，即使沒有出版過任何一本書也一樣。我從來沒有聽說那個小城鎮出過什麼作家，難道她被火腿哥說服，然後就跟著他回家了嗎？

……等一下，綾子。為什麼認定是同一個城鎮？怎麼可以認定那是實際發生的事而引導出結論呢？是不是把自己和繪美重疊，把火腿哥和剛生重疊，想像著火腿哥在回家的路上說服她沒有成為作家的才華，更適合開麵包店，希望她成為能夠烤出好吃的麵包，成為自己引以為傲的太太，硬是想要引導向繪美最後沒有成為作家的方向？

不要用理論去思考繪美做出怎樣的選擇可以得到幸福。

繪美到底想不想創作故事？

因為她想要寫故事，所以才會去車站。既然這樣，就不要退縮，搭上電車離開。即使因此和火腿哥分手，那也是無可奈何的事。但火腿哥不是剛生，他可以去追繪美，一起跳上電車，然後發現腳上還穿著學校的室內鞋，兩個人相視而笑。在往東京的漫長旅途中，兩個人可以好好溝通，到了東京車站，火腿哥可以再度問她。

真的要去？還是回去？

繪美默然無言地走向人群。因為她知道自己一旦回頭，眼淚就會流下來。她也知道，眼前那條路並不平坦，但既然已經開始奔跑，就無法停下來。火腿哥也沒有再去追她。

我不知道原作的結局，但如果要我把這個故事改編成電視劇，就要安排這樣的結局。

我拿出手機，拍下了向天空聳立的北美喬松，將照片加入附加檔案後，傳了訊息。

『我要成為一個創造精彩故事的人！』

按下傳送鍵後，我刪除了剛生的郵件信箱。

超越時間

摩周湖的那個湧出伏流水的神子池是一個神祕的湖，倒在湖中的樹木不會枯萎，一汪碧藍清澈的水，湖底清晰可見。從鋪了柏油的公路進入泥土路還要走兩公里，所以交通並不方便，但騎機車的好處，就是這種地方也可以輕鬆前往。只不過我騎的並不是越野車，所以必須放慢速度，小心前進。

北海道有很多林道，很多機車騎士認為騎機車遊北海道，當然要騎越野車，但無論上一次還是這一次，我都覺得自己的機車最棒。

KATANA。旅伴載著我破風前進，讓我身心徹底放鬆。……照理說，應該如此。

我沿著泥土路往回騎，來到了公路。雖然是觀光旺季，但這條路上沒什麼車子，所以騎車很暢快，簡直就是機車的天下。我在清里嶺向右轉，前往裡摩周的瞭望台。

上坡道前方的那片天空萬里無雲，但必須到湖邊才知道能不能看到湖面。

「霧中的摩周湖」這首歌流行時我還沒有出生，但我在去摩周湖之前就知道，摩周湖經常會起霧。

眼前這片藍色的摩周湖閃耀著光芒，彷彿把天空的藍色濃縮了兩倍的濃密藍色，稱為摩周藍。摩周湖是全日本透明度最高的湖，在世界上也是僅次於貝加爾湖，名列第二。我拿出手機，拍了幾張左側有摩周岳的漂亮湖面照片。

我沒有把照片傳給任何人，把手機放回霹靂腰包。

摩周湖有第一、第三瞭望台，和這個裡摩周的瞭望台。第一瞭望台是摩周湖觀光最主要的景點，可以近距離俯瞰湖面，也附設了禮品店，所以有很多觀光客出沒。第三瞭望台位在從第一瞭望台往國道的方向，可以近距離欣賞摩周岳壯觀的景色，通常都會在行程中同時安排前往第一和第三瞭望台，所以第三瞭望台也很熱鬧。據說以前在第一和第三瞭望台之間還有第二瞭望台，但目前道路已經封閉。我不記得以前曾經去過，可能當時就已經是目前的狀態。

裡摩周瞭望台和其他兩個瞭望台不在同一條路上，瞭望台和湖面之間的距離較長，所以無法俯瞰湖面，但由於在三個瞭望台中的標高最低，所以當其他兩個瞭望台籠罩在霧中時，也常常可以清楚看到湖面。

上一次造訪時就是如此。

由於是唯一看得到湖面的地點，所以對我來說，繞湖行程中當然少不了裡摩周瞭望台這一站，而且中途還可以繞去神子池，這裡也不會有很多觀光客，可以從瞭望台慢慢欣賞風景。話說回來，今天上午去第一瞭望台時，觀光客人數也比當年少了一半。上次來這裡的時候，即使受到濃霧的影響，完全看不到湖面，仍然擠滿了人，拍完一張照片就要換下一個遊客，但這次拍完漂亮的湖面後，在那裡逗留了五分鐘，也完全沒有罪惡感。

不，遊覽車的數量並沒有減少太多，只是機車騎士的人數減少了。上次停車場角落有一大片機車，不到一分鐘，就發現了十輛當紅的車款。記得當時還是菜鳥的我走向瞭望台時不忘觀察，感嘆著別人載行李的方式很巧妙。但是，今天停車場看到的機車不到當時的四分之一，而且包括我在內，騎士都是大叔。

並非只有機車數量減少，在停車場機車區後方，是旅行單車的停車區，但今天沒看到一輛單車。我去書店買機車旅行地圖時，看到戶外活動區有很多單車雜誌，我忍不住納悶，那些雜誌的讀者平時都在哪裡騎車。如果只是平時通勤、通學或是週末在住家附近繞幾圈，未免太可惜了。

即使起初是為了那樣的目的購買，但身體逐漸熟悉之後，難道不會想要騎車出遠門嗎？難道不會有一種預感，單車可以帶領自己走向更寬廣的世界嗎？

尋求寬廣的世界。……我也許漸漸遺忘了對一個人來說，理所當然的慾求。

上次來裡摩周瞭望台時，也只見五個人，而且都是機車騎士。今天只有我一個人。不，還有另一個人走了過來。這個騎單車來的女生看起來像是大學生，她把單車停在停車場，向瞭望台走了過來。她一路喘著氣，騎單車爬那個坡應該很陡。

「你好。」

她開朗地向我打招呼，呼吸已經恢復平靜。真了不起。我慌忙也向她打招呼。「妳好。」那個女生從欄杆探出身體歡呼著，從霹靂包裡拿出小型相機開始拍照。

今天是來到北海道的第二天，昨天搭渡輪抵達苫小牧，然後經由日高、襟裳岬後，住在帶廣的商務飯店。今天最先去了北海道三人秘湖之一的大沼澤湖，然後又去了阿寒湖、摩周湖、屈斜路湖，以及神子池、裡摩周，但這是第一次有遊客向我打招呼。

以前無論當地人還是遊客，只要在路上擦身而過，就會相互打招呼。即使騎車在路上時，也會高舉勝利手勢，或是豎起大拇指和小拇指這個騎士之間的暗號，為彼此的旅程加油，遇到騎單車的騎士時也一樣。

因為這次遇到的都是坐在遊覽車上的觀光客，所以都無法相互打招呼。我還在為這件事感到失望。

「對不起，可不可以麻煩你幫我拍張照？」

那個女生走了過來，把手機遞給我。原來她已經把相機收好了。「好啊。」我接過她的手機，以摩周湖為背景拍了一張。她的手機和我的舊款手機不同，人物和風景可以同時拍得很漂亮，我把手機交還給她，覺得自己拍得不錯。

「謝謝。」

她接過手機後，小聲嘀咕說：「很不錯嘛。」當場開始傳訊息。

「傳給情人嗎？」

因為剛才為她拍了照片，我忍不住問道。也許她覺得我這個大叔很會裝熟，而且問出口之後，我才想到現在的年輕人不會說「情人」這種字眼，都叫男朋友。

「不是，給朋友，也不算是朋友，是來這裡之後認識的人。」

她按下傳送鍵後抬頭說道，臉上仍然帶著笑容，似乎並沒有覺得我很奇怪。

「太好了，如果是情人就糟了。」

因為氣氛很輕鬆，我繼續毫無顧忌地說道，那個女生偏著頭。

「因為有迷信說，一旦看到摩周湖的湖面，婚期就會延誤。」

「啊，是這樣嗎？」

那個女生驚叫起來。原本以為她不可能不知道，沒想到她真的不知道。在那個年代，對遊客來說，這件事是常識。不對，當初也是向來不旅行的女友告訴我這件事。

我在第一瞭望台買了閃耀著摩周藍的摩周湖明信片，寫了一句「很可惜，被霧擋住了，看不到」，就寄了出去。旅行結束回家後，她告訴了我這個迷信。

北海道道東沿岸會將沿著太平洋北上的溫暖、潮濕空氣急速冷卻，所以很容易產生濃霧，甚至有地名就叫做霧多布。位在道東的摩周湖是火山湖，冰冷的霧越過外輪山，停留在火山口內，籠罩湖面，所以，即使山下放晴，也經常會發生看不到湖面的情況。

但是，看不到才好，因為據說一旦看到摩周湖的湖面，婚期就會延誤。

我認為是當地觀光協會的人想出這種迷信的點子，避免遊客千里迢迢來到這裡，卻看不到湖面而感到失望，進而對摩周湖產生不良影響，但看到女友一臉喜色這麼說，就把自己的想法吞了下去，也不好意思告訴她，我在裡摩周看到了湖面，更沒有問她，是誰的婚期。

「但或許很準，因為我剛和男友分手。」

眼前這個女孩一派輕鬆地回答，我卻不知道該怎麼接話。萬一說錯話，把她惹哭就慘了。不，雖然我是大叔，但她在初次見面的男人面前說剛和男朋友分手，會不會太不謹慎了？

——我聽夠了爸爸的說教。

沒錯，雖然年紀可能相仿，但眼前這個孩子並不是美湖。

「這個迷信對已經結了婚的人會產生什麼影響？」

「那倒是沒聽說過……」

我看著左手無名指。不可能因為看到湖面就離婚吧？這幾年來，我體重增加了十公斤，一旦離婚，恐怕得把這個戒指鋸掉，否則就無法拿下來。

「聽說好像還有可以變有錢或是沒錢的迷信。」

那個女生操作著手機說道，雖然我也有手機，但從來沒有想到要用手機查資料。

「另外，裡摩周的話，迷信的內容就剛好相反。」

「但像今天這種日子，兩個地方都可以清楚看到，不是很矛盾嗎？」

「對喔，如果騎機車，就可以在一天之內同時去兩個地方。我因為很想看神子池，所以選擇來這裡。」

「妳已經去過那裡了嗎？真厲害。」

我不由得感嘆。這時，傳來了音樂聲。她的手機響了。

「剛才傳照片過去的那個人，叫我多拍幾張照片。」

「那我再幫妳拍。」

「不，我想他應該只是想要看風景照，他在訊息中說，前天去第一瞭望台時是陰天。他昨天從女滿別搭機回去了，所以就拜託我。因為他以前學過攝影，所以我有點緊張。不過他好像不知道神子池，原本打算暫時不再來北海道了，現在可能打算明年再來。這是我第二次來這裡，真的會讓人上癮啊。」

那個女生笑著說道，把手機對著湖面的方向。原來如此，現在不必回到家，在旅途中就可以互傳訊息了。

上次我來北海道旅行時，和超過五十名遊客相互交換了住址。第一天，和同住在富良野騎士會館的人一起去參加了肚臍祭，玩得不亦樂乎時，有人拿出記事本遞給我。我在寫滿全國各地住址的記事本上留下了自己的住址，為自己也成為旅人的一分子感到高興。我也遞上自己的記事本，並暗自下定決心，在結束旅行回家之前，記事本上也要寫滿旅人的住址。

在旭川一起吃拉麵的人，縱貫禮文島徒步旅行的人，在佐呂間湖看日出的人，在網走搭獨木舟的人，在釧路車站一起睡通舖的人。記事本在轉眼之間就寫滿了。

我原本認為寫滿的地址就像是旅行時集紀念章，蒐集了很多，感到心滿意足，然後就結束了。但是，回到大阪，打開一個人住的公寓信箱時，收到了五封信，而且全都是陌生的名字，寄件地址也是我從來沒有去過的縣。原來是那些相互交換地址的人寄來了。

有人同時寄了當時一起拍的照片，也有人聊起之後旅途的事。同樣住在關西的人邀約下次一起騎車去旅行，還有人相約去喝酒。我當然除了回信給那些人以外，還根據寫滿記事本的地址，寫信給那些人。

其中有幾個人至今仍然會相互寄賀年卡。我之所以不停地拍照，就是為了寄新年賀卡給他們，到時候再寫上一句「我終於又騎車上路了」。有可以分享的對象真不錯。

「有沒有拍到好照片？」

我看著那個女生收起手機問道。我暗中期待她和我交換電子郵件信箱，但她把手機放進去之後，就拉好了霹靂包的拉鍊。

「姑且不管拍的技術如何，晴天讓我有拍照的勇氣。」

「太好了，除了可以和旅途中認識的人分享……也可以向家人炫耀。」

「我父母不知道我來北海道。」

什麼！我差一點驚叫，慌忙把話吞了下去。她的父母竟然不知道她一個人，而且騎單車來北海道旅行。萬一發生意外，家人突然接到北海道的警察或醫院打去的電話，不知道會多緊張。

「因為一旦說了，他們就會擔心，所以我每次都事後帶著伴手禮回家，才向他們報告。不過，他們應該猜到我又不知道去哪裡旅行了。」

她完全沒有覺得不好意思，應該不是和父母關係不好吧，但竟然事後才向父母報告。如果美湖說要一個人騎單車去旅行，我至少會要求她先把行程表交給我。不，搞不好會反對說太危險，叫她不要去。啊……難怪她會說那種話。

——你為什麼這麼頑固？我覺得視野狹窄這句話對你實在太貼切了。

不告而別，獨自出門旅行的是我。

「小心不要發生意外，祝妳旅途愉快。」

「謝謝。」

我在那個女生的笑臉目送下，離開了瞭望台，只是仍然不知道晴天的裡摩周湖的迷信到底是什麼。

我沿著來路回到三九一號國道，繼續騎向濱小清水的方向。今天的終點是網走。我還想去住上次的騎士會館。

觀光景點雖然發生了變化，但北海道的人自然並沒有改變。難以相信一晃已經二十多年，覺得自己好像浦島太郎。

當初開始騎機車的契機很簡單，在大學二年級那一年暑假前，有一個比我大一屆的學長住在同一棟公寓，他希望我用三十萬買下他的機車。他買了不到半年，因為急需用錢，所以想賣掉。我沒有問他其中的原因。

我向來都抱著趁有空的時候多考一些證照的態度，所以早就有了汽車駕照和機車駕照。雖然每天都搭電車去上課，但從公寓到最近的車站走路要二十分鐘，如果有一輛機車的確方便多了，所以我一口答應。如今我每個月才五萬圓零用錢，三十萬是一筆可觀的金額，但當時手頭很寬裕，在居酒屋打工每個月的收入超過二十萬，而且戶頭裡有超過一百萬的存款，所以幾乎沒有猶豫。

平時在公寓停車場看到時都覺得很帥氣的機車將歸自己所有，當然是我求之不得的事，搞不好當時曾經在心裡拍手叫好，感謝學長問我這件事。

感恩不盡。學長合掌向我道謝，翌月就搬離了公寓。當我在擦拭已經歸我所有的機車時，覺得只是騎去上學太對不起這機車了，於是決定騎車去旅行。走進書店的機車相關書籍區，看到書架上有很多騎機車遊北海道的雜誌。有道理，騎機車出遊當然要去北海道。於是，我毫不猶豫地決定了目的地。現在回想起來，凡事都很小心謹慎的我竟然沒有心生恐懼，覺得第一次出遊只要去附近走走就好。

雖然我自認為和學生時代沒有太大的不同，但搞不好當時的性格和現在完全不一樣了。以前的樣子已經有點模糊不清了。

我用剩下的錢買裝備。我得知搭渡輪去北海道既方便，又便宜，所以就預約了船票，然後才告訴交往了一年的女朋友。看到她有點難過的表情，心很痛，但她提出兩個條件後，笑著送我出門去旅行。

——要寄摩周湖的明信片給我。要買木雕的東西回來送我。

我在第一次騎車出遊後才知道，線條俐落的四百西西機車車身顏色叫金屬紅，在騎士會館遇到的那些人都在我的機車前停下腳步，也有不少人要求拍照。

——我第一次看到紅色的KATANA。

聽到有人這麼說，我才發現的確沒有看過和我相同的機車。那些人發現我完全不了解自己的機車有多厲害，徹夜為我上了一堂課，告訴我KATANA的優點。

一九八〇年，鈴木的KATANA在德國的展覽會上發表了一千一百西西的車款。車如其名，根據武士刀所設計的外型很受矚目，翌年就開始向歐洲出口。因為日本機車的排氣量上限是七百五十西西，所以在一九八二年，推出了七百五十西西的KATANA機車，但為了通過車輛型號審核而改變了把手的外形，很不受歡迎。一九八四年，針對國內市場的機車停止生產，但在國外銷售的一千一百西西持續受到好評，所以在九〇年代初期進口了復刻款。在一九九一年，推出了模仿該型號的兩百五十西西，九二年推出了四百西西。這些低排氣量的機車款被揶揄為「小刀」，但很受行家的喜愛。

大致就是以上的情況，我的機車正是九二年銷售的車款。

而且據說這個車款並沒有生產紅色，原本的顏色是銀色。

我想起學長喜歡紅色，但我並沒有告訴那些騎士，是之前的車主……。因為我也很喜歡這個顏色，那些騎士語帶諷刺地說，我一個學生，竟然可以買這麼好的車子，我說是花三十萬向朋友買的，大家都說太划算了，還說那個朋友應該很缺錢。

了解自己機車的價值後，我比之前更喜愛它了，更重要的是無論去哪裡，聽到第一次見面的騎士說，原來這就是傳聞中的紅色KATANA，讓我感到飄飄然。騎士之間只要談得來，就會聊機車的事，也會相互交流看到的罕見機車，之後看到傳聞中的機車時，就會有中獎的感覺。得知我的機車也名列罕見機車之中，有倍感驕傲的感覺。

只不過和假面超人一號相同裝備的機車相比，就甘拜下風了。

眼前是一片鄂霍次克海。住在四國、香川的人很熟悉大海，但瀨戶內海和鄂霍次克海的顏色不一樣。瀨戶內海是藍中帶綠，但鄂霍次克海是一片純藍色。而且大海的規模也不一樣，我有生以來第一次看到的海平面就是在這片鄂霍次克海，但濱小清水不光具有大海的魅力，沿著海岸線的國道另一側就是濤沸湖，兩者的距離很近，只要在湖面轟一個全壘打，就可以打到那片大海。

鄂霍次克海和濤沸湖之間全長八公里的沙丘稱為小清水原生花園，每年初夏到盛夏，可以欣賞到五彩繽紛的鮮花。鐵路和國道都從這片沙丘經過，所以是能夠同時欣賞到大海、湖泊和鮮花的特殊路線。

在駛入這條特殊路線之前，先去了道驛休息站，點了一杯熱咖啡。雖然是夏天的晴朗天氣，但氣溫並不高，而且一路吹著風，身體都冷了。如果休息站內有很多人，就可以和同樣也是隻身出門旅行的人拼桌，開心地聊一會兒。可惜有很多張空桌子，我在可以看到大海的窗邊座位坐了下來。

第一次的單身旅行很快樂，但有時候會遇到一些很希望女朋友也在旁邊的景色。這裡也是這樣的景點之一。富良野的薰衣草田、旭川的向日葵田，還有原生花園，共同的特徵就是都有鮮花。

在相互交換住址的旅人中也有女生，獨自騎機車或單車上路的女生也不少，不知道當時自己是用怎樣的眼光看那些女生。在旅途中遇到的人當中，有些單身旅人彼此情投意合，然後一起完成接下來的旅程，之後甚至結了婚，但我沒遇到能夠發展出這種關係的女生。

因為我喜歡自己的女朋友。

男女朋友之間到底有相同的興趣更好，還是不要有相同的興趣，這個問題可能見仁見智，但我認為是後者。雖然在旅途中，不時希望女朋友也在身邊，但我從來沒想像過她和我一起騎機車。

纖瘦的她根本不可能扶起四百西西的機車，所以不可能考到駕照。即使她有力氣扶起來，光是想像做事慢條斯理、反應慢半拍的她騎機車，就忍不住為她捏一把冷汗，而且，我喜歡她這種不適合騎機車的特徵。

即使無法一起騎車旅行也無妨，但我想把自己的所見所聞全都和她分享。正因為帶著這種想法，所以即使暫時和單身旅行的女生變成好朋友，也從來沒有把她們視為戀愛的對象。

每次看到騎著機車在山路上馳騁的女生，就忍不住驚訝地覺得她們太厲害了。她們毫不在意自己皮膚曬黑，頭髮乾澀，衣服和臉上都濺到了泥水。因為她們個性豪爽，所以很容易交朋友，但當時覺得這種人不可能當女朋友。現在回想起來，覺得自己太狂妄自大了。

我的女朋友和這種類型的女生完全相反，她總是很注重自己的儀表。當時我深信，比起一起騎車旅行，有一個等待自己回家的女朋友更幸福，這種想法至今仍然沒有改變，也從來無法想像自己會成為那個等待的人。

我無法忍受等待，所以才出發來到北海道。

不知道那時候，她是帶著怎樣的心情等我回家？她很喜歡木雕框的小鏡子和我額外送的胸針，除了摩周湖的明信片以外，她還看著照片，發出了感動的聲音，所以我之前從來沒有想過這個問題。

她喜歡湖泊的照片，除了告訴我摩周湖的透明度和迷信以外，還告訴我支笏湖是全國首屈一指的火山湖，水深名列全國第二，透明度名列全國第四，介紹了有關北海道各個湖泊詳細的知識。洞爺湖沿岸有眾多溫泉，很多蝦夷鹿在中島生息，濱頓別湖是拉薩姆公約登記的野鳥生息地，佐呂間湖是北海道最大的湖，也是欣賞夕陽的名勝。阿寒湖的毬藻很有名，在屈斜路湖的湖畔挖沙子，會湧出溫泉……。她淵博的知識令人驚嘆，但至今仍然記得這些知識的我也很了不起。

所以，那一年秋天我沒有騎機車旅行，而是向朋友借了車子，開車去富士五湖旅行，然後為我們的女兒取名叫美湖。

穿越原生花園後，駛入了網走市內。我打算投宿的騎士會館位在網走湖畔，只要不到半小時就可以抵達，現在才四點。我決定先去參觀網走監獄博物館。上次來北海道時並沒有造訪。和「霧中的摩周湖」一樣，提到網走，最先會想起從來沒有看過的電影「網走番外地」，但是，和摩周湖不同，我之所以上次沒有造訪，是擅自認為騎士不該出入博物館或是美術館之類的地方。必須隨時擁抱大自然。……也許我以前就是石頭腦袋。

但是，我從其他騎士口中得知，有兩個地方不去實在太可惜。一個是美瑛的拓真館，另一個就是網走監獄博物館。雖然我認為是說這句話的人本身的興趣愛好問題，但聽說這兩個地方都很值得一看。

付了一千零五十圓買了門票進場，沒想到裡面比想像中更大。簡介上說，這裡是將明治時代的網走監獄實際使用的建築物遷移後加以修復，作為博物館對外開放參觀。有好幾棟被指定為國家有形文化財的建築物，因為離閉館時間只剩下兩個小時，所以我從前面的建築物開始依序快步參觀。

鏡橋、正門、廳舍、教誨堂、五翼放射狀舍房……。建築物本身很有價值，我對那些人偶更感興趣。如果做得很粗糙，很容易逗人發笑，但這些人偶十分逼真，讓人有身臨其境的感覺。

不知道美湖看了之後會有什麼感想。

美湖人如其名，有著白皙粉嫩的皮膚，長得很像妻子。上個月突然說，她在短大畢業後想去美國，想要去世界電影的大本營學習特效化妝。簡單地說，就是想去好萊塢學習殭屍化妝術。全天下哪有父親聽到女兒說這種話會一口答應說：「好，沒問題」？

況且，一個女孩子為什麼會對特效化妝產生興趣？

如果想要擺脫女生的嬌滴滴，還不如對騎機車產生興趣。不，不可能有這種事。我的機車在婚前就變賣了，從來沒有和美湖聊過機車的事，也沒有給她看過機車旅行時的照片，甚至沒有在公寓的停車場看過機車。女兒怎麼可能對生活周遭沒有接觸過的東西產生興趣？話說回來，她身邊應該也沒有殭屍啊。

到底是哪裡出了問題？

剛升上大四，就發現女朋友懷孕了。原本打算畢業後考上地方公務員，在市公所工作的同時，和她繼續維持遠距離戀愛，還沒有想到結婚這件事。我想騎車去很多地方旅行，還想在三十歲之前去澳洲騎車旅行，但現實已經不允許我這麼做。

我和她都沒有想過要拿掉孩子。既然如此，只能下定決心。

為了讓自己痛下決心，我以二十萬的價格，把機車賣給住在同一棟公寓的學弟。雖然我並沒有急著用錢，但總覺得如果不這麼做，就很難接受現實。在接過錢的時候，我才想到當初學長或許也是因為這個原因才決定賣掉機車。

果真如此的話，代表紅色KANATA具有比摩周湖更強的迷信。我帶著自嘲這麼想道，曾經想過用賣機車的錢把自己灌醉，但最後還是拿去付了分娩費用，藉此告訴自己，我用曾經讓我見識廣大世界的機車換得新的家人。

不過，之後的人生十分幸福。

妻子照顧孩子很辛苦，但仍然把家事處理得井然有序，讓我每天的生活都很舒適。女兒很可愛，活潑好動，功課也很好，無論是運動會還是教學參觀日，都讓父母十分滿意，從六歲開始學習的小提琴也拉得很好。

每逢家有喜事，一家三口都會去附近的知名餐廳慶祝，每年全家都會出門旅行一次。女兒還小的時候，都選妻子喜歡的地方；女兒長大之後，都挑女兒想去的地方。

雖然我不否認我刻意避開了北海道，但妻子和女兒從來沒有提出想要去北海道。女兒上高中之後，父女兩人也會去看電影，但那些電影中並沒有殭屍，都是偶像明星演的通俗愛情故事。老實說，我從來不覺得那些電影好看，但每次和同事說和女兒一起去看電影時受到的羨慕，遠遠超過了電影的無趣。

木水先生的家庭根本是理想家庭的典範。每次聽到同事這麼說，就忘記了自己曾經放手的東西。

女兒上了高三後，提出想讀東京的專科學校。我原本希望她就讀本地大學，就可以住在家裡。她的理科成績很好，所以原本打算她如果和我討論升學問題，我會建議她去考藥劑師的資格。

但是，她並沒有和我討論，而是直接把學校的招生簡介放在我面前，說她想讀這所學校。我打算退一百步，同意她去東京求學。我自己在學生時代雖然在關西求學，但也搬離老家，享受獨自生活的樂趣，也從中得到很大的收穫，所以不能把女兒綁在老家。而且妻子的親戚也在東京，雖然我曾經建議她在比較熟悉的關西求學，但她說希望在日本的中心讀書，我認為也未嘗不可。

只不過我不希望她去讀專科學校。雖然第一個孩子來得很意外，只是我們夫妻始終無法懷第二胎。既然已經生過一個孩子，所以照理說並沒有不孕症的問題，但在結婚第五年後才知道，因為體質的關係，無法懷上第二胎的女人比例相當高。在這種情況下，難免對獨生女有更高的期待。

為了避免日後女兒想讀醫學院，或是向音樂之路邁進，想要購買昂貴的小提琴，卻因為經濟問題而不得不放棄，我和妻子商量後，決定省吃儉用，多存一點錢，對每個月只有五萬圓零用錢也沒有絲毫不滿。

正因為如此，我很希望女兒讀大學。即使她指責我是為了面子，我也無法否認。我說服女兒，如果想學特效化妝，可以報考有藝術學院的大學。

女兒似乎也妥協了，進入京都內有藝術學院的短期大學就讀。專科學校變成了短期大學，東京變成了京都，最終可說是符合了我的期望。但事到如今我才感到後悔，當初讓她去念東京的專科學校，或許還比較好。

美湖說，她對於在京都的短期大學學到的特效化妝不滿意，她去應徵了每一家電影公司，但沒有一家錄取她，所以她打算重新學習。對女兒來說，兩年的短大生活是「耽誤」，為了追回被耽誤的進度，最好的方法就是去電影的大本營學習。

——我在那裡並不是完全非親非故。特效化妝學教授的妹妹在那裡當臨時講師，教授說可以介紹給我認識，而且聽說那裡有五名日本學生，根本不需要擔心。如果爸爸因為錢的關係而反對，我可以去那裡打工。

什麼打工不打工，正因為她輕而易舉說這種話，才會讓人擔心。難道就不能在東京學嗎？即使不進電影公司，還有其他需要特效化妝的工作啊。可以找一份穩定的工作，然後找一家手作工房上課，當作業餘的興趣愛好，然後將製作出來的作品拿去參加什麼比賽，也許日後有機會成為職業特效化妝師。市公所的自來水課正在招募臨時職員，要不要去考看看？

雖然我斟字酌句地小心說服，但女兒似乎認定我在阻擋她的夢想，即使這樣，也沒必要說那種話啊。

——在這種鄉下地方當公務員就陷入自我滿足的人，根本不可能了解我的心情。我為什麼是這麼無聊的人的女兒？

我甩了她一個耳光。這是我第一次動手打她。看到她白皙的臉蛋又紅又腫，才後悔自己太衝動了，但我無法當場向她道歉。隔天，我在辦公室回想起和女兒的對話，認為必須先向她道歉，然後再找機會冷靜溝通，也許可以和女兒一起去請教教授的意見。

但是，回到家時，發現女兒不在家，妻子也不在。妻子留了一封信，說看到女兒哭著回京都不放心，所以跟著一起去。信中最後寫道——

『我們能不能支持美湖，讓她在遼闊的世界展翅翱翔呢？』

妻子在信中沒有任何一句指責的話，但我獨自留在家裡，腦海中只浮現一個問題。

遼闊的世界是什麼？

離開網走監獄博物館後，我前往騎士會館「旅人之家」。位在網走湖畔的小木屋建築像當年一樣歡迎我，最令人驚訝的是老闆還是那麼年輕，除了增加了少許白髮以外，完全感受不到二十多年的歲月。相較之下，老闆娘的身材比二十多年前寬了兩倍，但他們夫妻還是像以前一樣恩愛。

這裡的旅客登記簿上除了姓名和住址以外，還要填寫機車的車種。當我填寫「鈴木、KATANA」時，老闆問我，你騎了這麼多年嗎？他似乎還記得我。不，也許他只記得我的機車。

「不，我之前騎的那輛在隔年就賣給朋友了，這次騎的是前幾天剛買的，顏色重新烤漆過。」

原來是這樣。老闆笑著告訴我房間號碼和晚餐時間。這裡只有幾個男女分開的大房間，所以沒有鑰匙。距離晚餐時間只剩下十分鐘，只能先把行李放去房間。我剛才在網走監獄逗留太久了。

說到遼闊的世界，我只想到北海道。再去一次北海道吧。市公所的職員輪流休中元節假期，我第一個申請，然後開始做準備。我傳了訊息給妻子，叫她不必急著回家。也許她誤以為我把她和女兒一起趕出了家門，但我豁出去了，如果她要這麼誤會也無所謂。

她們不知道我為這個家付出了多少努力。我為了她們，把對遼闊世界的嚮往藏在心底，幸福不一定是為了自己，相反的，不為自己，讓重要的人得到幸福會讓人更有動力，當重要的人得到幸福時，自己也可以感受到更大的喜悅。即使自己為此付出犧牲，也是理所當然的行為。幸福原本就是建立在有人付出犧牲的基礎上，如果只顧追求個人的幸福，誰都無法得到幸福。……難道不是這樣嗎？我搞不懂什麼才是對的，所以想透過這次旅行尋找答案。

機車當然非KATANA不可，但KATANA早就已經停產，只好請附近的機車行幫忙找一輛中古車，最後花三十萬買了一輛二十年前的中古機車，再重新烤漆成紅色。

一走進食堂，發現後方餐桌旁有一張熟悉的臉。她對面的座位空著，我走過去向她打了招呼。

「謝謝你白天時的幫忙。」

她向我鞠躬說道。是在裡摩周瞭望台遇到的那個女生。她從那裡出發，這麼快就騎到這裡了嗎？

「我把單車裝進攜車袋，從綠站搭電車過來的。」

她看到我的表情，似乎察覺了我的疑問，笑著回答說。原來如此，單車騎士可以把單車拆開後裝進袋子搭電車。我徵求她的同意後，在她對面坐了下來，才終於自我介紹。

「我是和三浦綾子相同的綾子。」

因為提到了連不太看小說的我也知道的作家名字，我們聊著「冰點」這部電視劇，享受著以干貝生魚片為主的晚餐。她父母為她取這個名字，似乎並不是因為他們是三浦綾子的書迷的關係。因為我從長輩的角度和她聊天，所以她問我有沒有小孩，我猶豫了一下，告訴她有一個二十歲的女兒。

「完全看不出來。真羨慕你女兒有你這麼年輕帥氣的爸爸。」

雖然我知道她這句話有八成是在奉承，但並不會覺得不舒服，只是無法靦腆地抓著頭，為這句話感到高興。

「她最近討厭我，說不想要這種腦袋像石頭一樣的爸爸。她讀了藝術方面的短大，說想去美國繼續學特效化妝。即使我想要支持她的夢想，但還是不放心送她離開，這也是我內心在糾結的事。她之前並沒有那麼喜愛電影，我也搞不懂她為什麼會對特效化妝產生興趣。」

雖然我盡可能用輕鬆的語氣談論這件事，但綾子一臉嚴肅地點著頭。我問了她的年紀，她說今年二十二歲，目前是大學四年級的學生，因為她想從事創造故事的職業，已經決定畢業後要去電視製作公司上班。雖然電影和電視不同，但和美湖的情況很相似。也許綾子在聽我說美湖的事時，也想到了自己的情況，只不過綾子已經獲得了她想去的那家公司的內定，但美湖仍然找不到工作。

最好還是改變話題。

「妳等一下會參加這裡的木工教室嗎？」

綾子偏著頭，似乎在問我，什麼意思？這家會館的小木屋都是老闆自己搭建的，桌椅等家具，以及寫了房間名字的木牌也都是老闆親手製作的。老闆在這裡舉辦了木工教室，讓住在這裡的客人有機會接觸木頭，並為在這裡住宿留下紀念。雖說是木工教室，但並不是嚴肅地上課，而是喝著啤酒或老闆娘泡的美味咖啡，用雕刻刀在小型木頭上雕刻。

上次我在直徑五公分左右的圓形蘋果木上雕刻了向日葵，刻完之後，用砂紙磨光，浸入茶色的液體，然後乾燥一晚，隔天早晨，再裝上適當的金屬配件，做成鑰匙圈、胸針或鍊墜，就可以帶著在旅途上製作的紀念品離開。我把像小學生美勞作品般的木雕加工成胸針，和有著精巧雕刻的小鏡子一起，當作禮物送給了當時還是女友的妻子，完全不覺得相形失色。……對了。

「我想起來了，我女兒弄丟了那個胸針。」

妻子把那個胸針和小鏡子一起放在梳妝台上，女兒讀小學一年級時，擅自帶去了學校。她想要向同學炫耀爸爸親手製作送給媽媽的禮物，結果遺失了。那天，女兒哭著向我們坦承這件事，我和妻子都沒有太責備她，隔天之後，就覺得是不足掛齒的小事，三天之後，根本忘了這件事。

但是，女兒內心似乎對這件事有強烈的罪惡感。

因為學校要上美勞課，所以就在小學四年級後為她買了雕刻刀。有一天，女兒遞給妻子一塊魚板用的木板，上面雕刻了向日葵。

——對不起，我沒辦法像爸爸刻得那麼漂亮。

女兒滿臉歉意地說道，但她只是在記憶中美化了遺失的東西，她雕刻的向日葵比我的更寫實，而且是在魚板的木板這種粗糙堅硬的木板上雕刻。

——美湖的手簡直有魔術，竟然可以讓魚板的木板也開花。

我這麼稱讚她，盡情地撫摸著她的頭。

「會不會是因為這件事，她才想走這條路？」

綾子語氣堅定地說道，似乎在代替美湖說話，然後說了聲：「等我一下」，起身離開了座位。我們兩個人都已經吃完晚餐了，我還是坐在那裡等她回來，但其實只等了三分鐘左右。她雙手捧著一個牛皮紙信封遞給我，我接過了這個皺巴巴的信封。

「裡面有一份文稿，但並不是我寫的，是在旭川偶然遇到的人給我的。我看了之後，覺得好像在寫我的事，原本想要帶回去，但現在覺得你更適合擁有這個故事，所以請你務必收下。」

我向信封內張望，發現有一疊用繩子綁起來的影印紙。我原本打算拿出來看一下，但食堂開始收拾，老闆娘說要關閉一個小時，同時通知我，木工教室在一個小時後開始。

「那我就不客氣收下了。」

我對綾子說，然後就帶著信封回去房間。雖然是六人房，但其他人都說要去看星星，走了出去。有人稱讚我的紅色KATANA很不錯，邀我一起去看星空，我婉言拒絕，從信封裡拿出那疊紙。小說的題目叫做《天空的彼岸》，但並沒有作者的名字。

繪美是深山城鎮一家麵包店的女兒，她很愛看小說，在和男友遠距離戀愛時，再度提筆開始寫了中學之後，就不曾再寫過的小說，但她並沒有立志當小說家。為了繼承家業，她就讀了烘焙專科學校。當她從專科學校畢業，在家裡的麵包店工作，也和男友訂婚後，繪美的老同學突然為她帶來一個能夠成為小說家的機會。為了成為當紅作家松木流星的徒弟，繪美想要去東京，但她的未婚夫和父母都強烈反對，繪美的父親踹了她後背一腳，大聲責罵她。繪美在大家的勸說下，一度放棄了夢想，但並沒有完全死心，最後背著大家離家出走，沒想到未婚夫在車站等她……。

故事到此結束。綾子故意抽掉結局後才交給我嗎？但她剛才很快就把信封拿回來了，而且最後一頁的稿紙也沒有寫滿，如果說這就是故事的結局，也可以勉強說得通，但我知道綾子把這份稿子送給我的用意。

她似乎想要對我說，好歹思考一下女兒的心情。

如果我是繪美的父親，絕對不會讓女兒去東京。我不太清楚松木流星是在哪一個時代當紅的作家，但猜想這個故事的背景應該在半個世紀前。對住在鄉下的人來說，那個時代的東京簡直就和美國差不多，而且繪美並不是去做什麼像樣的工作，誰都不知道她到底能不能成為小說家，即使真的成為小說家，也沒有人能夠保證未來的發展。未來的發展既然難以預料，父母當然不可能放心支持，當然會認為女兒留在身邊做麵包，對雙方來說都是一件幸福的事。而且那個叫松木流星的作家風流成性，全天下不可能有父母願意把自己的女兒送到那種男人身邊。

相較之下，美湖的狀況似乎比繪美好一點。

雖然身為父親，我很想自己去車站等女兒，但小說中是未婚夫等在車站，所以就只能交給年輕人去處理，但我一定會聲援那個未婚夫，叫他即使用繩子，也要把她綁回來。……等一下。

無論是再怎麼出色的男人，身為父母，看到他硬是把美湖帶回家，真的會感到高興嗎？我自認為除了妻子，我是世界上最了解美湖的人，所以搞不好會袒護美湖，覺得那個男人根本不了解美湖。

如果硬是被帶回家裡，美湖會覺得別人阻擋了她的夢想，會成為她內心一輩子的疙瘩，你這種人帶給她的愛情根本不足以消除她內心的疙瘩。即使以為經過歲月的洗禮，這個疙瘩會越來越小，但其實反而會變硬、變成結晶。一旦變成了結晶就很難消除，雖然我不願意這麼說，但即使是父母也做不到。

眼前的問題是不要逃避，必須勇於面對，即使雙方的溝通完全沒有交集也無所謂，即使要談三天三夜也無妨。

最重要的是，必須讓美湖了解，周圍的人並不是因為想要阻礙她的夢想而反對，為此，周圍的人……我必須認真傾聽美湖的心聲。

為什麼想要走特效化妝這條路？也許和木雕的事毫無關係。具體想要學什麼？以後想要從事什麼工作？為什麼要走電影這個行業？最終目的是特效化妝，還是電影？是否知道為了實現夢想，要付出怎樣的努力？有沒有為自己設定時限？為了實現夢想，是否做好了有所失去，以及要守護什麼的心理準備？

如果美湖能夠回答所有這些問題，她就贏了，我就可以笑著送她去美國。

我拿出手機，找出妻子的郵件信箱，寫了一封郵件，並附上白天拍的摩周湖照片寄了出去。

『也許會延誤美湖的婚期。我們三個人好好談一談吧。』

走去食堂時，木工教室剛好下課。綾子走了過來，伸出手掌遞到我面前。我立刻知道她並不是要回那份稿子，因為她手掌上有一個圓形的木片。

「妳刻得很好，是鳥的翅膀嗎？」

「不是，是薰衣草。」

我不知道該怎麼接話，綾子噗哧一聲笑了起來。

「你是不是重新感受到你女兒的才華了？」

「不是，嗯，我不能否定，因為父母都覺得自己的兒女很出色。」

我很自然地露出了靦腆的笑容。她應該知道我已經看過稿子了，但我猜想她不會問我的感想。既然這樣，只要告訴她這句話就夠了。

謝謝，希望妳明天之後的旅程也很愉快——。

湖上的煙火

我在渡假飯店「洞爺湖洛澤飯店」的盥洗室，發現自己有三根白髮。

我在這家位在可以俯瞰洞爺湖和內浦灣的山上飯店訂了湖景房，在窗邊盡情享受藍色湖面和綠意盎然的中島景色後，在盥洗室內確認盥洗用品時，不經意地抬頭看向鏡子，在靠近頭頂的分線附近，看到一根閃亮的白髮。怎麼可能有白髮？我拔了下來，介於銀色和白色之間的中間色，還殘留了些許生命。三十歲後，幾乎每年都會長一根這種不算全白的白髮，所以我並沒有太在意，隨手丟進了腳邊的垃圾桶。但是，當我用手將兩側的頭髮輕輕向後梳理時，看到了很明顯的白髮。而且不是一根，有三根。我的髮量並不算多，所以不太想拔頭髮，但住在這家好萊塢明星也曾經住過的渡假飯店，腦袋上露出這麼寒酸的東西走進走出，真是太丟人現眼了。嘿喲。我拔下那三根白髮後整理了頭髮，不敢再把頭髮撥起來。

這樣就好。我再度正面看著鏡子，卻再度感到愕然。

我一大清早在羽田機場搭上往新千歲機場的班機，然後搭上了飯店專用巴士。雖然這裡是北海道，但畢竟是在炎熱的天氣下長時間移動，臉上的妝會脫妝也是無可奈何的事。臉頰、額頭和鼻頭都冒著油，粉底也都脫落了，但法令紋上還留著白色粉底，簡直就像小孩子畫的畫，更強調了法令紋。

而且，眼睛下方有黑眼圈，只要稍微低頭，雙下巴就垂了下來。我什麼時候變成這種臉了？應該不只是旅途太疲勞的關係。四十歲後突然變老了嗎？不，應該是這二十年間慢慢劣化，今天終於發現了這個事實而已。

我每天、每晚都會照鏡子。因為在證券公司當業務的關係，和客戶見面時，必須特別確認自己的衣著打扮，但已經好幾年沒有在這麼大的鏡子前仔細打量自己的臉了。平時在化妝時也會聽新聞，自從都買固定品牌的衣服後，偶爾出門逛街，不要說試穿，甚至很少在鏡子前比試。現在雖然只照到上半身，但站在衣櫃旁的全身鏡前，就會發現自己的身材走樣，恐怕會立刻暈眩。

但是……正因為身心俱疲，來這家飯店才有意義。我熬夜處理完工作，趁著去札幌出席恩師的聚會之際，多請了一天假來這裡是值得的。我要做全身舒壓按摩，要泡溫泉，要在大自然中散步，吃美食，充電……我有這個權利。

因為我一直都在自我投資。

心動不如行動，馬上來預約。我打電話到櫃檯，預約了使用火山灰的全身淋巴按摩，換下已經被汗水濕透的衣服，洗了臉，從擦粉底開始重新化了妝。又不小心發現兩根白髮，也都拔了下來。

現在無論走去飯店的任何地方，都不會丟臉了。

我在咖啡廳點了咖啡，一杯兩千圓。

我無論看到任何東西，腦海中都會同時浮現金額，好像看時尚雜誌的彩頁時，模特兒使用的衣服、皮包和首飾都會詳細記錄價格一樣。之所以會有這種習慣，並不光是因為我二十年來，每天都和以億為單位的數字打交道的關係，而是更年幼的時代……。

爸爸在鎮上的工廠上班，媽媽都在家裡做家庭代工，每天從小學放學回到一家三口住的狹小公寓，總是瀰漫著薰衣草的芳香。那是三坪大的客廳中間的桌子正中央，放著十公升塑膠袋裡的薰衣草乾燥花的香味。

媽媽用小茶匙舀起一勺，裝進淡紫色的蕾絲小袋子，用錐子調整形狀，將袋口折成波浪形後封起，再用紫色細緞帶繞兩圈，打一個蝴蝶結，再裝進附黏膠的透明袋子，最後貼上用可愛的字體寫「芳香護身符・戀愛運」幾個字的貼紙，就大功告成了。城鎮的禮品店內一個賣三百圓，但媽媽做一個只有三十圓的工錢。除了每週兩次上珠算課的日子，我幾乎每天都在家裡幫忙做家庭代工，我每做一個，就有十圓零用錢。現在覺得被我媽剝削了，但對當時的孩子來說，每天做十個，有一百圓的收入是很可觀的金額，周遭其他同學每天只有五十圓零用錢。

珠算補習班旁有一家柑仔店，總是擠滿了很多孩子。我每次上完珠算課，都會走進那家店，花一百圓買十個附抽獎的十圓糖果。我們班上有五、六個同學都上珠算班，其中一個同學美貴的媽媽也和我媽做相同的家庭代工，但她媽媽做的是洋甘菊，美貴身上總是散發洋甘菊的味道。

——聽說可以提升金錢運。

美貴總是不屑地笑著說，她上珠算課用的皮包把手上綁了一個洋甘菊的護身符。美貴和我一樣，也以每個十圓的代價幫她媽媽做家庭代工。美貴曾經悄悄對我說。

——我們用自己賺的錢買零食吃，真好吃。

美貴應該很清楚，如果大人聽到這種話一定會笑死。其他同學也會幫忙做家事，領到零用錢，但美貴這句話聽起來特別悅耳，我們兩個人好像和別人不一樣，咖哩口味的零食和鮮紅的草莓糖，都好像在等我們上門，甚至覺得自己可以買下柑仔店那一區的食物。如果抽獎中了獎，簡直就像領到了年終獎金，一路蹦跳著跑回家。

隨著在珠算班升級，開始學六位數、七位數的珠算，但那只是數字堆起來的符號，對我來說，一百圓才是滋潤我心靈的金額，存在撲滿裡的一千圓簡直就是一大筆錢。

這杯咖啡相當於我小時候二十天的薪水。如果叫當時的我點這杯咖啡，我一定會流著眼淚憤怒地抵抗。即使有人要請我喝，我也會請對方直接把兩千圓給我，而且一定會覺得滿不在乎地喝這種咖啡的大人腦筋有問題。

但這些都只是假設，當時的我甚至不知道這個世界上有一杯要價兩千圓的咖啡，說到咖啡，我只知道裝在咖啡色大瓶子裡的速溶咖啡，砂糖就是做菜用的上白糖，奶精當然就是裝在黃色大瓶子裡的粉狀奶精。罐裝咖啡是奢侈品，每年有幾次，全家去附近的保齡球館時，爸爸買了罐裝咖啡後會讓我喝幾口，然後我就可以在幾個同學面前炫耀，說我很喜歡喝罐裝咖啡。

在高中畢業之前，我的生活圈內根本沒有星巴克或羅多倫之類的咖啡連鎖店，想要喝像樣的咖啡，就必須去寫著「純喫茶」的古色古香咖啡店，推開已經褪色的沉重木門，對我來說，簡直是和去麻將館同樣需要勇氣的事，根本不值得為了喝一杯咖啡去那麼可怕的地方。

人會經歷不同的階段逐漸成長，勞動力和與勞動力相當的金錢觀念也一樣。只有在小學生時，會對做十個乾燥花的護身符領到一百圓感到滿足，上了中學之後，想要的東西的金額也跟著增加，我要求媽媽多接一倍的家庭代工，說我也會幫忙她一起做。因為我聽美貴說，她就是這麼做的，但我媽媽斷然拒絕了我的要求。於是我說要去送報，我媽也反對。

——學生時代的時間有限，不要浪費在賺這些蠅頭小利上，不要只顧著滿足眼前的慾求，要投資未來的自己。

也就是說，我媽叫我認真讀書。

——媽媽並沒有否定我們目前的生活，雖然即使說夢話，也不會說自己是有錢人，但我們不給別人添麻煩，腳踏實地過日子，只是我們並沒有餘力為妳開拓百分之百的未來，就是這麼一回事。

不久之後，我媽就不再接家庭代工，開始去附近的便當店工作。因為我已經升上中學，她不需要在我放學回家時等在家裡。那時候我才想到，以前我每天回家做功課時，媽媽都會陪在一旁。媽媽的收入增加了一倍，每個月給我三千圓零用錢，雖然比之前做乾燥花的護身符時稍微增加了，但從用這些零用錢買的東西中，我感受不到靠自己的努力得到的成就感。

咖啡送來了。

那是專屬的咖啡師挑選的、在尼加拉瓜國內比賽中得到冠軍的咖啡豆，當我吸入讓人聯想到蘭花等南國花卉的香氣時，腦袋頓時感到一陣恍惚，可以感受到僵硬的腦漿漸漸放鬆。我喝了一口，略帶酸味的濃醇味道在喉嚨深處擴散。那是我喜愛的味道，不同於澀味在胃中過濾、累積的咖啡，即使是胃不太好的我，也可以輕鬆喝一整杯。這兩千圓花得很值得。

——曉音，妳滿腦子只有錢、錢、錢。

如今我的腦漿溫暖又柔軟，即使腦海中浮現這個聲音，也能夠一笑置之地說一聲：「是啊。」多年來，我持續努力，持續自我投資，這個世界有原諒像我這種人的空間……似乎的確有點說不出口。

斜前方有一對二十七、八歲的情侶，那個女生還算好，但那個男生穿了一件褪色的T恤，下面是一條好像去海灘的花俏短褲，這種打扮未免太離譜了，而且腳下還踩了一雙海灘鞋。如果在沖繩的渡假飯店，這種打扮還勉強算合格，但這裡是北海道，而且這家飯店也不是這身邋遢的打扮可以走進來的地方。

我並不是今天第一次覺得時下的年輕人有這種傾向。他們不是沒有名牌精品，不，我並不是說東西越貴越好，有不到三萬圓的西裝，也有一件T恤就超過三萬圓，這不是問題的關鍵。

證券公司那些年輕女生如果下班後要去參加聯誼，就會穿上自己最好的衣服，但受客戶邀請去看戲或是聽古典音樂會時，她們會穿比平時上班還差的衣服，說什麼「穿得很正式太奇怪了」，然後用不屑的眼神看著我身上的套裝。我很想對她們說，又不是去參加戶外的演唱會。我很清楚，如果是她們喜歡的歌手，即使是在戶外或是海邊舉行演唱會，她們也會穿上最漂亮的衣服。但如果我這麼說，她們一定會擺出一副「這個大嬸在說什麼啊？」的態度，對我避之若浼。我暗想著隨她們怎麼說，反正到了目的地就會出糗了，沒想到會場內也有一些缺乏常識的人，所以她們並沒有顯得很格格不入。

——這個領域的藝術對日本人來說，門檻有點高，但年輕人穿著休閒服裝出席，可見大有可為啊。

她們百分之百地接受了客戶貼心的安慰，所以永遠都不可能改正這種習慣，還是她們對自己穿著休閒服裝，出入大部分人都穿著正式服裝出席的場合，產生了優越感？

那個穿著海灘鞋的男生，正因為平時繫著領帶努力工作，所以才想用最輕鬆的方式享受假日？也許是這樣。如果是覺得兩千圓的咖啡簡直是在搶錢的情侶，不會來這種地方。

——曉音，妳是用金錢來判斷我有沒有才華。

雖然我皮包裡有一本文庫本書籍，但似乎多呼吸一點外面的空氣比較好。我一口氣喝乾了兩千圓。

穿越長滿高大針葉樹的散步道，來到了瞭望露台。洞爺湖是火山湖，右側可以看到活火山——有珠山和昭和新山，山麓下是一片溫泉街。周圍有不少看起來像是住宿客的人，難道這家飯店也成為洞爺湖的觀光景點之一了嗎？果真如此的話，住宿客以外的人去咖啡廳也很正常，剛才為那對情侶的服裝悶悶不樂真是太可悲了。

我張開雙手，對著湖面大大地伸了一個懶腰，同時聽到旁邊響起卡嚓的聲音。一個男人背對著湖，站在離我手指不到十公分的地方做出勝利的手勢。

「對不起，我剛才沒有注意到，可能拍到我的手了。」

「不必擔心，我只是在拍旅行紀念照。」

男人笑著回答，我雖然鬆了一口氣，但差一點皺起眉頭。雖然他並沒有一身勁裝，但看他的打扮，像是機車騎士。年紀和我差不多，真是好命啊。

「你騎機車旅行嗎？」

「對。」

「真不錯啊，繞北海道一周嗎？」

「沒有沒有，怎麼可能？我只是提早利用中元節假期繞湖而已。」

看來他平時有工作，我稍微對他有了一點好感。

「很少有男人喜歡繞湖，機車騎士不是都喜歡在又長又寬的直線道路上馳騁嗎？湖周圍的路不是很錯綜複雜嗎？」

「我是受到喜歡湖泊的太太影響。洞爺湖周長四十三公里，直徑約十公里，是日本第三大火山湖，中島上有蝦夷鹿生息。……也是她告訴我這些簡單的資訊。」

他已經結婚了，還一個人出門旅行嗎？雖然我沒結過婚，但還是覺得他太太願意讓他一個人出門旅行很了不起，難道不會向他抱怨，我忙著做家事，你卻出門旅行嗎？

「我太太對我說，如果去洞爺湖，一定要從這家飯店拍照給她看。雖然我搞不懂為什麼特地要來這裡，但好像對女人來說，這裡是知名景點。」

「是嗎？電視劇偶爾會來這裡取景，所以很多人想來看看吧。」

「原來如此，原來是因為電視劇……。這件事回去可以吹噓一下，請問是什麼劇名？」

即使我告訴他，最近的週五廣角劇場「洞爺湖殺人事件•北海道刑警大石三津五郎」就是在這裡拍攝，他也不會感到高興，一定會失望地問：「什麼啊？」收視率在百分之十五左右，是超出了個位數的作品。

「因為我對電視劇不太熟，所以不太記得劇名，真不好意思。」

沒事沒事。我們相互搖著手，然後我對他鞠了一躬說：「那我先告辭了。」我想去前面的公園，但才剛踏出一步，眼前頓時發黑，有一種眼皮被用力按住的壓迫感，身體也搖晃起來。

「妳沒事吧？」

他小心翼翼地扶住了我，我緩緩把他的手拿開，避免他誤以為我推開他，兩腳用力站在地上，閉上眼睛數到十，然後輕輕吐了一口氣，這樣應該沒問題了。我張開了眼睛。

「沒事，我有時候會貧血。」

「妳住在這裡嗎？」

「對。」

「那我就放心了。我送妳到大廳。」

「謝謝，但我真的沒事了。」

我強打起精神，用盡剩餘的力氣跑了起來。這個人很親切，已經結婚了，而且只說要送我到大廳，也許該讓他送我過去。只是我不願意承認，雖然只是擦身而過的路人，一旦有人伸手扶我，當那隻手再度抽離時，我就無法再獨自站立……承認這件事讓我感到害怕。

客房內面湖的那一側牆壁都是玻璃窗，所以躺在床上也可以眺望洞爺湖。天空的顏色、湖水的顏色和山的顏色都和當年一樣，即使從曾是窮學生的自己根本住不起的渡假飯店眺望，大自然並沒有發生任何改變。

我每天賣力工作，甚至無暇注意到這個世界上有些東西不會改變，到底得到了什麼？

投資自己。自從我媽這麼說之後，我就像在撲滿裡存零錢般持續用功讀書，順利考進了北海道大學。讀北海道大學並沒有特別的理由，在氣候溫暖的海邊小城鎮出生、長大的我，嚮往人生中能夠有機會住在遼闊的北方大地，最後得出結論，如果想要實現這個夢想，大學生活的四年期間最理想。

雖然我媽問我，是不是因為想見識一下真正的薰衣草田，但我從來不曾有過這種心願。對我來說，薰衣草並不是像紫色地毯般的花田，而是變成了茶色的乾燥花。禮品店裡賣薰衣草護身符，並不是因為我們這個城鎮盛產薰衣草，而是因為這裡是「線香鎮」，國產線香的百分之九十都來自我們城鎮，所以同時販賣和香味有關的禮品。附近不僅沒有薰衣草田，甚至沒有任何香草田。現在回想起來，總覺得那些很可能是廉價的進口乾燥花。反正全天下的禮品都是這麼一回事。

我和故鄉或是父母並沒有任何不和，所以學生生活並沒有特別感受到所謂的解脫感，也沒有任何不滿，平平淡淡地過日子。我參加了戶外活動同好會，在居酒屋打工，當然也很認真上課，當我回過神時，已經到了三年級的夏天。

我就是在洞爺湖的湖畔這裡，認識了騎機車來旅行的椚田修。

和戶外活動同好會的同學分別搭兩輛車來看煙火大會的那天晚上，我和大家走失了。修剛好坐在我旁邊看煙火，他發現我找不到其他人，說晚上很危險，陪我一起找同學。

幸好二十分鐘後，我就和同學會合了，但我有點遺憾。因為修對我說，如果找不到同學，可以和他一起去搭建了帳篷的露營地。

——妳可以睡我的帳篷，我可以去和別人擠。

如果雙方都是來這裡旅行，或許會輕鬆地留下住址和電話，但我自認是當地人，覺得這個舉動像在搭訕，所以無法主動開口詢問。雖然那個時代流行「女追男」這個字眼，但我還是期待修可以主動問我，只不過必須道謝的人是我。我想起皮夾裡有打工的那家居酒屋「北漁場」的折價券，於是就送給了修。

——如果你會來札幌，請你務必光臨。我推薦你吃凍鮭魚。

修並沒有說要去或是不去，笑著接過了折價券。那家居酒屋的海鮮料理雖然很好吃，但並不是旅遊導覽書會介紹的名店，更何況只有九折的折價券並沒有太大的吸引力，所以我幾乎沒有期待。同好會的其他同學在車上問我，住在內陸的人知道什麼是凍鮭魚嗎？我忍不住後悔，早知道應該說花魚或是鮭魚卵這些大家都知道的海鮮。

沒想到修在兩天後的晚上出現了。他說想知道凍鮭魚到底是什麼，然後大口吃著在冰凍狀態下切成薄片的鮭魚生魚片。那天晚上，他預約了青年旅館，但最後並沒有入住，而是住我的租屋處。在那個時代，即使是女學生，讓旅人借宿也不是什麼稀奇的事。

翌日之後的三天，我買了一頂安全帽，坐在修的機車後座，和他一起在北海道旅行。和我同年，在東京就讀知名私立大學的修告訴我，他以後想成為編劇。我提出可以帶他去參觀知名電視劇的拍攝地點，他說他不想看那種地方，反而正在尋找只有當地人才知道的、很有味道，而且很適合成為故事舞台的地方。

聽說這稱為場地勘察，簡稱為場勘。

修在進入大學那一年開始，就持續寫了幾部作品，參加了電視台主辦的電視劇劇本競賽，一年前，終於進入了決賽。

——每朝電視的劇本競賽會要求進入決賽的人每個月舉行一次學習會，持續一年的時間。每次都會出不同的課題，比方說，寫一集「狼刑警」的故事架構，或是將松木流星的「齒輪殺人」改編成現代版的故事架構，要在週五廣角劇場播出。所有參加者都會拿出自己的故事架構，相互討論，然後由該節目的製作人負責講評。

「狼刑警」是當紅的刑警電視劇，我爸爸也會每週固定收看。我雖然沒有看過松木流星的作品，但我聽過這個作家的名字。修還告訴我，故事架構就是寫劇本的前一個階段，用分割圖的方式說明故事的構成。

——雖然名為學習會，但只要故事架構被製作人相中，就有可能獲得採用。這一季每週六晚上十一點開始播出的「貴族偵探・有栖川恭之介」的編劇當初在劇本競賽中並沒有得獎，但是在學習會時被相中了。

我雖然不知道那齣電視劇，但原本覺得電視圈的人和自己生活在兩個不同的世界，所以對於離電視圈很近的人就出現在自己眼前感動不已，也發自內心地覺得修很了不起。

——你的故事架構被採用了嗎？

——沒有。很欣賞我的製作人杉原先生說，我的故事架構超越了其他人，但內容好惡太明顯了，即使杉原或是現場的工作人員不在意觀眾的抗議，想要拍攝令人耳目一新的作品，但如果無法讓贊助商滿意，再好的企畫也出不了頭，所以業界充斥著觀眾普遍能夠接受的半吊子作品，像我這種意氣風發，想要投入這個行業的新人最終無法落腳。

老實說，當時修說的那些話，我有一大半都聽不懂，但我還是好像在聽發生在外國的故事般陶醉不已，用力點頭附和。

——杉原先生說，這樣未免太可惜了，所以都會讓我接一些寫故事架構的工作。那並不是像學習會時一樣，針對已經決定的課題寫故事架構，而是像寫企畫書一樣，要自己尋找能夠拍成電視劇的小說或漫畫，寫故事架構，同時寫出目標觀眾和賣點。

——每個月寫二十份，十萬圓。那是我寶貴的收入來源，明年一月播出的《Hop step dance》就是我提出的原案，但為了讓贊助商滿意，劇本請了知名的編劇。

我覺得那和時薪八百圓的自己完全是不同的層次。修又繼續說道。

——編劇有兩種，職人和藝術家。雖然目前是根據別人原著進行加工的職人，以此作為成為職業編劇的跳板，但我希望有朝一日，可以成為靠自己獨創的故事一決勝負的藝術家，所以特地來北海道場勘。

我們從札幌出發，去了支笏湖、洞爺湖，穿越室蘭，從地球岬的前端眺望大海，想像著以這片景色為背景的電視劇在電視上播出，當時覺得在不久的將來就可以實現。

當我們在港灣附近散步時，看到一塊看板上寫著「日本第一坡」。我們沿著狹小的巷子前進，想要一探究竟，無論傾斜的角度還是道路的寬度、長度都毫不起眼，但也稱不上是「日本第一」平坦、狹窄或是最短，總之是一個毫無特色的坡道。我們納悶到底哪裡是「日本第一」，相互猜測著以前可能要收過路費，這裡可能最貴，或是通往某個足以代表日本的名人老家，走到坡道最上方時，發現一塊老舊的招牌。

——原來是江戶末期，這裡有一家名叫「日本第一」的蕎麥麵店。

——搞什麼啊。

雖然那個坡道並不陡，也不長，但兩個人還是相視嘆了一口氣，覺得白白浪費了力氣，然後噗哧一聲笑了起來。

——我以後一定要用這個哏。

修這麼說道，還叫我站在看板旁，為我拍了照。

洞爺湖的景色和當時一樣，視野角落也沒有顯示價格……。

雖然沒有食慾，但不知道有沒有時間吃下一餐，所以還是走進了飯店內的法國餐廳，點了分量比較少的套餐。餐廳內並不像白天的咖啡廳，沒有衣著不合時宜的客人。

熟齡的夫妻、一對夫妻帶著差不多讀小學的孩子，不知道是誰提議來這裡？兩個擁有相同價值觀的人結了婚，每天生活在相同的環境、吃相同的食物，擁有共同的興趣，即使其中一方提議，或許另一方也不會反對。

即使不生活在同一個屋簷下，只要兩個人看向相同的方向，或許彼此的心也能夠緊緊靠在一起。

我和修分別在北海道和東京，持續了一年半的遠距離戀愛。為了努力拉近和修之間的距離，我大看特看之前不感興趣的電視劇，雖然之前完全不知道任何一個編劇的名字，但在注意觀察後，發現有很多電視劇被稱為橋田劇、野島劇、北川劇，不是以演員掛帥，而是冠上編劇的名字。編劇不是製作團隊的一分子，而是電視劇的支柱。我把這些感想寫信告訴了修，還分享了幾個不光是因為知名度，更因為作品很精彩而欣賞的編劇名字。

『我每次看〇〇先生的作品時也都很佩服，覺得很棒，但有朝一日，我一定會追上他，而且還要超越他。』

我們討論這些事的那時最快樂了。在邂逅那一年的聖誕節，我去了東京。他說剛好要和製作人開一下會，就帶我去了每朝電視台。經過普通民眾也可以出入的區域後，等在員工出入口的杉原製作人為我準備了出入證。把出入證掛在脖子上，覺得自己好像也是業界的一分子，心情激動不已。

即使已經過了中午，打招呼時仍然說「早安」。修輕鬆地向別人打招呼，我也跟著欠身打招呼後，修問我「妳知道剛才那個人就是諧星〇〇嗎？」時，我簡直興奮極了。

修和杉原製作人開會時，我也坐在旁邊。

——這一齣的男女主角可不可以調換？有人提出想要拍北澤真帆演動作片的方案。

——可以啊，那就把曾經是柔道奧運種子選手的設定改成跆拳道？

聽到他們提到急速竄紅的女明星名字，我目瞪口呆，但暗自祈禱修也可以寫這齣電視劇的劇本。雖然我覺得知識貧乏，完全幫不上忙的自己配不上修，但他說只要有人聲援他，他就感到很高興，還帶我去曾經拍過電視劇的法國餐廳吃飯，送了一個銀製的鍊墜作為我的聖誕節禮物。

雖然目前的季節和聖誕節完全相反，但今天住在這裡的人中，或許今天或是這裡，會成為他們人生中難忘的回憶。

我獨自用餐，但不會在意周圍人怎麼看我。不久之前，下班之後外食明明比較方便，卻不希望別人以為我是寂寞的女人，所以都買便當回家，但四十歲後，我改變了想法。

根本不需要自卑。我才剛下班，所以必須吃美食，養精蓄銳迎接明天。

我有點驚訝地發現，高級渡假飯店的法國餐廳內，我並不是唯一單獨用餐的女性。那個女人看起來年紀比我稍長，並不像是無所事事的人，很自然地享受著葡萄酒和美食，她一定不會像我一樣，認為自己有權利這麼做。我還無法到達她的境界。

我果然沒有結婚的渴望。比起夫妻和攜家帶眷的客人，我在看獨自享受美食的女人時，更充滿了嚮往的眼神。

晚上七點半。洞爺湖每年四月下旬起的半年期間內，每天晚上八點四十五分開始，會在湖上放二十分鐘的煙火。吃完飯後，回房間一邊喝葡萄酒，一邊賞煙火吧⋯⋯。

我在快到溫泉街時下了計程車。離煙火開始的時間還有三十分鐘，我走過有一排禮品店的街道。雖然是非假日，但有不少人來來往往。不過，應該還有地方可以擠進一個人。我來到了目的地的湖畔，那是最佳位置，可以看到正前方從船上打向天空的煙火。雖然到處都是遊客，但還有空位。「對不起。」我在人群中鑽來鑽去往前面擠，突然和一個人四目相接。

那是白天在瞭望露台上聊天的那個人。「要不要坐？」他在面向湖泊的長椅上為我挪出一個空位，我決定接受他的好意，在他身旁坐了下來。

「妳特地來這裡嗎？」

「原本打算在房間觀賞，但後來還是覺得看煙火，就是要感受那種砰砰砰的震撼。」

學生時代，我也是因為這個原因和同好會的同學走失了。如果大家要坐在一起，就只能坐在很後面的座位。如果目的是為了和大家一起同樂，當然另當別論。我並不討厭團體活動，在其他事上我願意讓步。

「不知道為什麼，我從小對煙火特別執著。」

「我能理解。」

修也曾經說過相同的話，但中年騎士還有下文。

「我已經十幾年沒有這麼近距離看煙火了。我女兒三歲時，全家曾經去看過住家附近的煙火大會，但才放了一個煙火，女兒就說太可怕，嚇得哭了起來。那次之後，就沒有再去會場，每年都在家裡二樓看煙火。」

女兒三歲。十幾年……。

「你女兒幾歲了？」

「二十歲。」

完全看不出他有這麼大的女兒。我把想法直接說了出來，我們相互問了兩、三個試探對方年齡的問題，最後都說了自己的生日，才知道原來我們同年。他告訴我他姓「木水」。我有不少朋友已經結婚、生子，每次看到小孩子，就會想像自己也生得出那麼大的孩子，但從來沒有想像自己會有一個二十歲的女兒。因為中年騎士看起來像是不良分子，所以就覺得他和我不同，希望和他保持距離，但對於誠實的人，則會無條件地產生尊敬。

他一定不會為幾十年前的戀愛胡思亂想。

「女兒這麼大了，你們夫妻應該又像在談戀愛吧。」

「最近正在為女兒未來的事發生爭執，有點像在鬧離家出走。」

「你女兒想從事哪一個行業？」

「她說想去美國學特效化妝。」

「像是哥吉拉那些嗎？」

難怪父女會發生爭執。那種行業很不踏實，未來也很不穩定，即使真的去學了，也無法保證以後真的能夠從事那方面的工作。

「雖然會等回去之後再好好討論，最後做出結論，但我們夫妻應該會支持她。」

「那是因為你女兒……是自己的孩子，所以無條件支持嗎？」

木水先生似乎不太能夠理解我這句話的意思。

「比方說，如果你太太現在說，想要走這條路的話呢？」

木水先生挺直身體，微微前傾，用力向前伸出脖子，好像要呼吸湖上的清澈空氣，然後「嗯」了一聲。

「應該也會吧。因為我們還在讀書時，她就懷孕了，我只顧著拚命工作，現在又為女兒未來的出路煩惱……。老實說，我從來沒有想過我太太是不是有什麼想要做的事，所以，如果她接下來有什麼計畫，我應該會支持她。」

「如果是在結婚前，你也會這麼做嗎？」

我做不到。在泡沫經濟崩潰後的求職冰河期，我不斷自我投資，終於在國立大學讀完四年後順利畢業，沒想到進公司後，只能做一些內勤的輔助性工作。當時雖然提倡男女平等，共同參與社會，但那個年代的公司在徵人時，理所當然地提出「男性適合跑外勤的綜合職，女性只能做內勤的事務職」這種如今已經遭到禁止的要求。我從新聞報導中看到東京的女大學生遊行抗議「平等錄用女性職員」的消息時，發自內心地產生共鳴，很想一起去參加，但我能夠進入股票上市的證券公司工作，已經算是幸運的。

「那就難說了，我覺得當時的我很有可能反問她到底在想什麼，然後覺得很受不了，就和她分手。」

當我告訴修，東京的公司已經錄用我時，他有點為難地問我，是不是為了他去東京。雖然我對不必再和他遠距離戀愛這件事感到高興，但進入東京的股票上市公司工作，是我從十幾歲開始的人生目標之一。只是在讀書時，每次去東京找他，都是他請我吃飯，所以難怪他覺得我是要去投靠他。

「在自己有餘力之前，無法支持別人。」

那時候，我好不容易才能夠維持自己的生活。那些仍然沉浸在擺脫泡沫經濟餘韻中的前輩都會檢查我上班的服裝，罵我不能讓公司丟臉，所以我一大半薪水都拿去買衣服。

——不必理會他們，越是沒有內涵的人，越需要靠外表武裝。

修對這件事一笑置之，但當時我只是冷眼看他，覺得他根本不了解在公司工作的人。雖然荷包因此失血，但我並不討厭把自己打扮得漂亮，下班後，穿戴得漂漂亮亮和公司的同事一起去玩也很開心。

在我進公司三年後，幾家商業雜誌不約而同地公布了多家大企業綜合職的女性人數排行榜，公司內也針對事務職的女性舉辦了可以升級成為綜合職的考試。我拒絕了所有聚餐或是去KTV的邀約，再度用功讀書，進行自我投資。

「你說的餘力是指金錢嗎？」

「金錢當然也是其中一方面，但並不光是金錢問題。我在公所上班，對自己的工作很滿意，但是，當我看到有人以看起來並不是腳踏實地的工作為目標時，就很想告訴對方，別把工作當兒戲。都是因為大部分的人從事踏實工作，那些人才有辦法從事那種餘興，卻自以為有特殊才華。即使那些人並沒有否定我，也沒有看不起我，但我仍然想要對他們咆哮。到了現在這個年紀，我才終於發現，那只是沒有空閒的我自我保護的手段而已。」

「我……即使到了這個年紀，仍然沒有發現。多年前的男友想要當編劇，但我無法支持他。」

啪啦、啪啦、啪啦。夜空中響起好像撒豆子般的聲音，一個小型速射連發煙火打上了天空，宣告煙火大會開始了。湖的上方綻開了大朵的花，一朵、兩朵、三朵……腹部中央也跟著震動。我喜歡能夠讓我真實感受到自己此刻在這裡的事物。

「在湖邊看煙火很棒。煙火映照在湖面上，真是奢侈的享受。」

木水先生說。他說話時仍然看著煙火，但和我的視線高度稍有不同。我伸長脖子配合他的高度，發現湖面上映照著巨大的煙火，雖然很漂亮，但並沒有「花開了！」的感覺。

映照在湖面上的煙火就像是電視劇，映照出真實人類的人生。大部分人都會覺得那很美，同時享受兩種樂趣，甚至有人只盯著湖面欣賞。當然也有人像我一樣只看天空，毫不在意下方是水面或是地面。

也許我比普通人對電視劇更不感興趣，在看書時，喜歡看傳記類勝於小說，比起別人創作的精彩故事，真實的人生故事即使沒有誇張、驚奇和高潮，也更能夠吸引我。

我這種人當然不可能理解編劇的工作。原本直直打上夜空高處的煙火改變了軌道，從發射台勾勒出斜斜的軌道，在接近湖面時綻開了花朵，簡直就像孔雀開屏，接著又有兩隻、三隻孔雀在湖上出現，映照在水面上的半圓形煙火似乎也在和孔雀嬉戲。如果煙火的位置太高或太低，就無法同時在天空和湖面打造出美麗的孔雀身影，如果我是煙火師，絕對想不出這麼巧妙的設計，直到最後都會抗議，圓形的煙火只能看到一半未免太可惜了。

「啊呀，真是太厲害了。」

木水先生說。

「是啊……」

我發自內心地覺得映照在湖面上的煙火很漂亮。

雖然木水先生說要送我回飯店，但只要走到大馬路就有飯店的接駁車，所以我向他道了謝就分手了。沒想到我竟然向一個在旅途上遇到的人說出了甚至不曾向好友說過的事，學生時代，我就知道有很多人來北海道旅行，但從來沒有想過旅人之間會有怎樣的交流。

曾經被偶然相遇的旅人激勵過的人，一定多得超乎我的想像。

回到飯店，剛好可以去做白天預約的全身舒壓按摩。每次覺得肌肉有點僵硬，就會去住家附近的中國按摩店，但還是第一次做全身舒壓按摩。比起芳香療法或是負離子這種搞不清楚到底有什麼效果的東西，我更希望能夠充分放鬆僵硬的部位。

在櫃檯登記後，換上了專用的浴袍，走進昏暗的房間，充滿懷念的香氣撲來，是薰衣草。皮膚白皙，手腳都很細長，像精靈般的女人迎上前來，用悅耳的聲音輕聲叫我仰躺在床上，閉上眼睛。

在高級飯店內好像隱寓般的場所，用沉穩的裝潢佈置出一個非日常的空間，當我一閉上眼睛，立刻彷彿身處兒時居住的狹小公寓的客廳，我在那裡不停地把薰衣草裝進小袋子。我每天都在做戀愛護身符，卻絲毫沒有為我帶來任何好處，一定是因為在我眼中，每一袋都代表十圓硬幣的關係。

為了金錢而持續自我投資的孩子，在通過綜合職的升級考試後，就誤以為自己高人一等。

修寫電視劇架構的收入仍然只有十萬圓，他開始在量販店打工，我完全無法再尊敬他。即使他樂不可支地告訴我，他想到一個很有趣的點子，我仍然冷眼看著他，覺得等企畫通過後再高興也不遲。

我知道修看了很多小說和漫畫，除了電視劇以外，只要有時間，就去看電影和舞台劇進行研究。我在自我投資成功後得意忘形，漸漸覺得修的努力沒有成果，是因為他缺乏才華。

即使如此，我仍然喜歡他。即使　整個月寫的架構全軍覆沒，他雖然懊惱，卻從來不怨天尤人，或是責怪大環境。即使手頭再拮据，約會吃飯也都是各付各的，在我生日和聖誕節時都會送我禮物。他沒有依靠別人，腳踏實地地靠自己的雙手。我就是喜歡他的這種個性，在交往之後，他也始終沒變，但因為我的關係，是我毀了這段關係。

轉做綜合職之後，薪水是原來的一倍，和之前做事務職時不同，不需要穿制服，所以必須自己買套裝。我的地位變得和以前不同，可以在公司內穿自己的套裝，如果穿廉價套裝，會丟公司的臉。無論鞋子和套裝都買富有傳統的品牌，可是修送我的首飾永遠都是不到一萬圓的東西，但在三十歲前，我知道自己在打腫臉充胖子，所以並沒有太在意，覺得自己每天工作接觸的都是以億為單位的數字，金錢觀念有點麻木了。

在我三十歲那一天，我毀了我們之間的關係。那天是非假日，我下班後穿著套裝，前往和修約定的地點。他和往常一樣，穿著牛仔褲和格子絨布襯衫，帶我走進爐端燒餐廳。桌子上放著小爐子，要自己動手烤風乾的海鮮，我很擔心衣服會沾到油煙味。我們用啤酒乾杯後，他把禮物遞到我面前。打開小小的四方形盒子，裡面是一個戒指，但和我的套裝一點都不搭。

——也許看起來很便宜，但這是十七世紀的法國古董，我花了所有的積蓄買的。

——啊？

——妳終於露出笑容了，但我是騙妳的。曉音，妳滿腦子只有錢、錢、錢。

——沒這回事，我希望你能夠實現夢想，但也對未來有點擔心。

——我再窮，也不會把這個當成訂婚戒指，不好意思，讓妳誤會了。但是，在我能夠靠編劇維生之前，我不打算結婚。

——那我要等到什麼時候？

我無力的嘀咕為我們將近十年的歲月畫上了句點。因為這句話簡直就像在說，我根本不相信你的才華。

——妳沒有夢想，不可能了解。

離開那家餐廳後，我才知道那裡也有凍鮭魚，但我假裝這樣的結果對我們雙方都好。

和追夢人分手後，我也沒有和個性相似、很務實的人交往，我並沒有刻意拒絕感情，也沒有下定決心不再談戀愛，可能沒有男人願意扶持能夠獨立自主的女人吧，但我也不知道該如何主動去依賴別人。

不久之後，上司推薦我去參加公司主辦的研討會，必須有部長以上的主管推薦，才能夠參加。這個研討會邀集有前途的年輕員工，為日後的主管升等考試做準備，對我來說，又是一次新的自我投資。

如今四十二歲，有了課長的頭銜。腎臟曾經兩度罷工，因此住了院，第二次住院長達半年，我不知該如何有效運用因為生病而得到的時間，在上網亂逛時，突然想到搜尋修的名字。如果他已經成為編劇，我一定會嚇到。我嘴裡這麼嘀咕著，在輸入他的名字時，到底希望看到怎樣的結果？輸入他的名字之後，又加上了「編劇」這兩個字。

結果找到一筆相符的資料。每朝電視台的週五廣角劇場「洞爺湖殺人事件・北海道刑警大石三津五郎」，電視將在兩週後播出，原著是從來沒聽過的女作家寫的《鈴蘭特急》，為了了解修如何改編，我決定在電視播出之前先看原著，在網路書店查詢後，發現已經絕版了。看故事大綱，發現原著的舞台是山陰的一個小城鎮，和北海道並沒有關係。不知道是因為電視台方面的意見還是修的主意，決定以北海道，而且是以洞爺湖為舞台。

播映當天，我跪坐在電視前看那齣電視劇。在洞爺湖湖畔發現了渡假飯店小開的屍體，美女得知未婚夫的死訊，哭得死去活來。這時，主角刑警出現了……。

——我是日本第一的刑警。

——請問哪方面是日本第一？

——其實我老家的蕎麥麵店就叫「日本第一」。

「小姐，」腦袋外響起一個聲音，我睜開了眼睛。「是不是哪裡會痛？」

非但不痛，而且還因為太舒服，讓我在夢鄉中徘徊，按摩小姐擔心地低頭看著我的臉。但她的臉很模糊，我看不清楚，而且並不是因為燈光太暗的關係。

「我沒事。」雖然我這麼回答，但淚水仍然不停地流。按摩小姐遞給我一條毛巾，我捂住了臉。毛巾很溫暖，也很柔軟。這樣根本無法止住我的淚水。

「對不起，我在想事情，所以有點……」

我捂著毛巾，屏住呼吸，努力止住淚水。

「沒關係，讓它全部流光。眼淚和淋巴液一樣，全部流掉就乾淨了。」

聽到她這句話，我再也無法控制了。我努力、努力再努力地工作，到底得到了什麼？那是我想要的嗎？不是為了支持某個人，也不是為了協助某個人的夢想。為了自己的生存，不顧一切地持續自我投資，到底有什麼意義？

回到房間，接到通知說櫃檯有我的東西，我請客房服務送到我房間。是木水先生給我一個A4尺寸的牛皮紙信封，裡面有一疊寫了文章的紙，和木水先生寫在便條紙上的短信。

『一起欣賞煙火結緣，希望妳能夠收下這部小說。不需要還我，希望妳明天之後也旅途愉快！』

原來是小說。我翻了起來。木水先生可能看了好幾次，還是其他人也曾經看過這本小說，紙張邊緣都翹了起來，有些地方還有折痕。但頁數不多，一個晚上就可以看完。

小說名叫《天空的彼岸》，但並沒有作者的名字。我覺得不像是職業作家寫的，而是想要成為作家的人所寫的作品。

深山鄉村城鎮一家麵包店的女兒繪美因為找錯了錢，認識了名叫火腿哥的年輕人，進而開始交往，火腿哥去北海道大學求學，兩個人開始遠距離戀愛。繪美經常寫信給火腿哥，從某一次開始，她陸續寫小說寄給火腿哥。火腿哥可能覺得繪美很可愛，所以稱讚她寫的小說，但並不認為繪美要當作家，繪美自己也沒有這種想法。

火腿哥終於回到出生的城鎮擔任教職，和繪美訂了婚。這時，繪美接到了小學同學道代寫來的信。她目前在當紅作家松木流星身旁當管家，同時也是松木流星的徒弟，她告知繪美有機會前往東京當作家。繪美樂不可支，但火腿哥和她的父母都反對。繪美一度放棄，但有一天，無法徹底放棄的念頭再度湧現，她決定離家出走，卻在車站看到了火腿哥……。

故事就到這裡結束。故事的內容讓我有一種似曾相識的感覺。最近我慢慢看一些熱門的電視劇和電影，也會看引起廣泛討論的書，總覺得有越來越多作品的結局都很模糊不清，似乎想要表達「答案就在你心中」，好像還沒有播最後一集就結束了。我覺得這是作者為了避免別人指責「這種行為和思考方式太奇怪了」，為自己準備了退路，我不太喜歡這種結尾的方式。雖然可以說什麼藝術不必完全寫滿、寫透，而是要留下想像空間，但這種寫作方式也方便作者推卸責任，即使有人批評作品不精彩，也可以說是讀者自己得出的結論不夠精彩。

作品就要有明確的結局，至於讀者如何看待結局，就可以和作者之間建立對話，也可以判斷彼此到底合不合。

說到合不合，如果這是繪美的手記，我討厭繪美這種女人。她總是很被動，遇見了出色的男生，又有可以成為作家的機會。即使是事實，我也不喜歡這種描寫的方法。她似乎老神在在，覺得火腿哥很愛她，而且她在暗中炫耀，自己原本並不想成為作家，就好像陪朋友去參加選秀會，結果自己被選上了。繪美內心自以為了不起，覺得自己是天之驕女。

兩個選項都很棒，讓人左右為難……妳就左右為難一輩子吧。這種類型的人無論做出怎樣的選擇，都會有幸福的人生，只有向別人談及自己的人生時，才會像悲劇女主角般淚眼汪汪說，早知道我當初不應該那麼做。這又將成為她的活力，為她的人生增色。

——男女主角可不可以調換？

如果我是編劇，非要把這部作品搬上螢幕，我會採取這種方式。

火腿哥並沒有做錯任何事。他認真求學、升學，然後又回到未婚妻等待的老家，找了一份穩定的工作。他並沒有徹底否定繪美的夢想，而是擔心繪美的安全，基於現實的嚴峻而做出結論。

即使如此，繪美仍然會搭上電車，對火腿哥說，沒有夢想的你不可能了解我的心情。電視劇的第一幕就是這句話。火腿哥仍然每天去上班，幾年後，不經意走進書店時，可能會發現繪美寫的書，然後在書中發現和自己很相似的人物、充滿回憶的地方，以及和繪美談話的片段……。自己的人生曾經和繪美有過交集並不是錯誤。他流下幾行淚，翌日之後，繼續過著和以前相同的生活。

每天都辛苦了，明天也要繼續加油。……他如此聲援自己。

回家之後，要買一面大鏡子。既然來到北海道，就買一面四周有精美木雕、價格昂貴的鏡子，買一面和我相襯的鏡子。

街燈

札幌老爺飯店的鳳凰廳正在舉行北海道大學經濟系教授清原征四郎的退休紀念派對。他原本應該在今年三月底退休，但因為論文的關係，延長了半年的任期。那份論文得到了美國某本權威雜誌的認同，所以派對也理所當然地熱鬧不已。超過一百名他以前的學生向公司請假，千里迢迢趕來這裡。自助餐派對會場內到處都是一群一群的學生，充滿懷念地聊著天，把握時機走去清原的桌子向他致意。清原的桌子前大排長龍，簡直就像是名店開張，只有我們三個人好像生了根一樣，大剌剌地霸占著和會場人數完全不成比例的幾張椅子，但我們這幾個老人都是教授的老同學，其他人應該不會太計較。

也有一群學生看起來像是大學剛畢業。無論告別學生年代的年數是長是短，對今天來到這裡的人來說，都回到了學生時代的自己。我和闊別多年的老同學也——。

「我們有幾年沒見面了？」

「什麼？佐伯，你要不要也一起喝兌水酒？」

松本敏郎答非所問，他似乎正在問用托盤端著紅、白葡萄酒的服務生有沒有兌水酒。「我還不用。」我拿起還剩了大半杯啤酒的杯子喝了一口。這時，千川守拿著餐盤走了回來，餐盤內裝滿了火腿、培根和香腸。

「聽說這和學生實習時做的一樣，可以在大學內買到，如果好吃的話，也可以帶回去當伴手禮。」

千川說完，俐落地把淡紅色的火腿、切得很大片的培根、一看就知道灌得很滿的香腸分裝在三個人的盤子中。他的勤快性格一如當年，我不由得充滿懷念地回想起當年。

我、松本、千川和今天的主賓清原在大學時代，一起在名叫『清風莊』的公寓住了四年，也就是所謂同住一個屋簷下的關係。雖然父母送兒子到遠方的北方大地求學，但我們這些兒子不懂父母心，不分晝夜地打麻將，每個星期有五天會在其中一人家裡打通宵麻將，所以搞不好該稱為最佳損友。

兩坪多大的房間沒有廁所，也沒有浴室，廁所是公寓外的公共廁所，洗澡要去走路八分鐘的公共澡堂，四個人經常一起去洗澡，根本搞不清楚哪一塊肥皂是誰的。房間內當然沒有廁所，也沒有流理台，吃飯就去公寓旁的房東家客廳（當時我們稱之為食堂）。房東夫妻年近花甲，房東太太獨自為十六名學生做飯，為了避免學生之間的勢力不均，每個學年都各有四人入住，但也有幾個年齡不詳的學生。房東夫妻最疼愛我們四個人，因為他們的兒子剛好和我們同年，當時在東京的大學求學。

——離家這麼近的地方就有一所好學校，他竟然不讀。雖然很擔心他在東京的生活，但這個世界就是要相互幫助。我們善待別人家的孩子，別人也會好好照顧我們的兒子。

說出這句話的房東大叔教會了我們打麻將。

房東太太的廚藝很好，但裝盤很不講究，只是把一大盤、一大盤的菜放在各學年的桌子上，無論可樂餅、滷南瓜、洋芋沙拉都一樣。味噌肉片湯或是咖哩都是整鍋端上桌，千川總是很勤快地為大家裝在盤子裡。雖然起初很佩服他的貼心，但聽到在家中五個兄弟中排行老三的千川說，他覺得別人分配都不公平，經常覺得哥哥的蜂蜜蛋糕比較大，弟弟的咖哩比較多，吃得很不安心，所以會主動為大家分裝之後，就毫不吝氣地把這件事交給他負責了。

我是家中的獨生子，難以想像這種事。

火腿、培根和香腸都分得很平均。

「對了，我們剛才在聊什麼？」

松本接過兌水酒的杯子後問我。

「我在問，我們四個人有多久沒聚在一起了。」

「應該是我的婚禮之後吧？剛好滿二十五年。」

「有那麼久嗎？我覺得好像是最近的事。」

最近，我在家裡的一樓寫東西，連簡單的漢字都想不起來，走去二樓的書房拿字典，卻想不起為什麼上樓，結果又再度下樓，這種情況頻頻發生，四分之一世紀前的事卻記得一清二楚。

那是松本第二次結婚，當時是泡沫經濟的顛峰時期，他包下橫濱摩天大樓頂樓的餐廳，舉行了盛大的婚宴。我還在餘興節目的賓果大賽中抽中了電視，我記得那是三等獎。他當時娶了一個比他小一輪，長得像模特兒的美女。

松本從學生時代開始就很有女人緣，我、千川和清原這些從鄉下地方來到北海道這個地方都市求學的人，無論經過多久仍然土裡土氣，但從小在橫濱長大的松本五官輪廓很深，入學時的衣著打扮和髮型就很瀟灑，吸引了很多女生的目光。松本的房間內有一台錄音機，我們經常去他房間聽披頭四的音樂。他經常帶女生回家，因為牆壁很薄，為了掩飾女人發出的浪聲淫叫，他在深夜仍然大聲放音樂，所以反而讓其他人知道他帶了女人回家。房東大叔經常在翌日早晨調侃他，他好幾次叼著香菸，一臉賊笑地對我說，如果羨慕的話，他隨時樂意介紹，但我從來沒有拜託過他。

「你和美女太太之間的感情還好嗎？」

千川問松本。松本以前隨時都會有三個女朋友，因為爭風吃醋而在公寓前大打出手的情況時有發生。我們三個人覺得多一事不如少一事，都會擠在某一個人的房間窗前，伸長脖子看好戲，但每次都看到當事人松本一派輕鬆的樣子。當初也是因為他外遇，所以和第一任太太離了婚，當時是第一次從松本口中聽到「圓滿離婚」這個新名詞。

「美女？你在說誰啊？」

松本扮著鬼臉回答，從上衣口袋裡拿出手機，向我們出示了據說是最近拍的照片。他使用的是最新型的智慧型手機，他太太纖細的輪廓變圓了，但仍然十分漂亮，抱著身穿粉紅色衣服的嬰兒，一臉幸福的笑容。

「很可愛吧？上個月剛出生，我終於當外公了。」

他似乎一直在等機會讓我們看照片，他隻字不提太太，不停地滑手機，讓大家看嬰兒的其他照片。

「生女兒時很高興，但整天哭啊、發燒啊，累死人了，孫子只要疼愛就好，所以更是特別可愛。」

「現在還整天在睡覺吧？等學會說話之後更可愛。」

千川也不服輸地拿出手機，他的手機和我一樣都是舊式的。他出示了他的待機畫面，是三個孫子的合影。最大的孫子明年春天讀小學，前一陣子已經為他買好了新書包。他喜孜孜地給我們看他孫子在幼兒園參加運動會的照片，松本和千川都沒有和兒女同住，但兒女都住在開車只要一小段路的距離。

這樣最好。我的長女住在東京，她兒子從小學一年級開始，就每個月都會寄一封信給我們，大部分的內容都是寫給我太太，也從來沒有忘記寫給我幾句，雖然都是寫他養的狗，但他似乎決定，有關動物的事都要向在高中當自然老師的外公報告。

「從兒女身上減去壞的部分就等於孫子，也就是說，孫子都是天使。」

松本用一隻手的食指摸著鼻子，似乎很得意自己說了經典名言。

才不是這麼一回事。我很想這麼說，但還是用力把話吞進肚子，把一大塊培根放進嘴裡。

「對了，」千川對著沒有加入他們談話的我說話，「上個月打電話給清原時，他說你會帶我以前也曾經這麼以為，尤其覺得內孫更加令人疼愛——。

太太一起來，今天怎麼沒帶來？」

「鈴蘭妹妹要來嗎？」

松本問。當年我回老家參加應徵學校的考試時，為了給當時還沒有結婚的太太買禮物而拚命打工，卻不知道她會喜歡什麼，和松本討論之後，他當時交往的其中一個女朋友還和我們一起去百貨公司。松本喜歡的那個打扮入時的女生，一直推薦我買很適合她自己的款式，但連我都知道，那並不適合我太太，最後我挑選了一個鈴蘭圖案的胸針。

——原來你女朋友是像鈴蘭般楚楚動人的清純女生。

松本不懷好意地笑著點頭，之後就開始叫她「鈴蘭妹妹」。這個壞胚子在我的婚禮上，竟然叫初次見面的新娘「鈴蘭妹妹」，我很擔心太太會誤會我平時在他們面前就這麼叫她，根本就是讓在婚禮之前就已經夠緊張的我陷入混亂的一級戰犯。

「不，原本是想一起來，但臨時走不開。」

「該不會身體不舒服？」

千川擔心地問。這個年紀的人臨時取消行程，通常會被認為是身體出了問題，大家健康檢查的報告中或多或少都會有一些注意事項。

「嗯，不是什麼大問題。」

我不置可否地回答。其實是我太太爽約，但我並沒有任何過錯，只要她有一絲想要來參加的想法，我這次必定會主動道歉，因為我四十年前就和她約定，要帶她參觀我的母校。

松本和千川輪流炫耀完孫子後，開始聊興趣。退休之後，松本整天打高爾夫，千川竟然開始去料理教室學做菜。

「我去上的男人料理教室專門針對像我們這種退休人士，教一些簡單的家常菜，每個星期上兩堂課。雖說只是簡單的家常菜，但剛開始的時候，連削馬鈴薯皮都要費好大一番工夫，搞不好丟掉的更多，現在閉著眼睛也會做馬鈴薯燉肉。上次我老婆出門時，長媳感冒睡了一整天，我為孫子做了咖哩，結果幾個孫子說我做的咖哩比他們媽媽做的好吃。那當然啊，他們媽媽做的是蔬菜比肉多的健康咖哩，我做的當然不一樣。小孩子都喜歡吃肉，而且連洋蔥都是焦糖色……」

千川一談起料理就開始滔滔不絕，松本也興致勃勃地附和著說，為了讓孫子高興，他想去上甜點課，最好是有很多年輕太太的地方……。三歲定終生這句話真是說得太好了。

「對了，鈴蘭妹妹不是在開麵包店嗎？」

松本好像突然想起似地說道。真是多嘴，我家的事根本不重要。我很想對他嘆氣，如果清原在這裡，應該會更早提起這件事。雖然學生時代的記憶很清晰，但還是無法像高材生清原一樣，連日期都記得一清二楚。清原仍然被他的學生包圍著，而且隊伍並沒有變短，看來不需要我們去排隊了。這裡結束之後，我們會一起去其他地方喝酒。

「佐伯，你也做麵包嗎？真羨慕啊，曾經有一段時間，我認真打算退休之後開一家店，你覺得呢？」

千川問。千川大學畢業後，在一家總公司在東京的大型文具商工作，這次我們幾個人合送清原一支鋼筆作為紀念品，也都由千川負責張羅。

「如果你想開店，我可以幫你出主意。」

松本說道。他經營一家從他父親手上繼承的房屋仲介公司，在泡沫經濟崩潰時，他曾經陷入困境，一度想要夜逃，最後憑著天生的意志力撐了過去。目前把公司交給女婿，自己擔任顧問。

「具體的經營問題還是問佐伯比較好。」

話題又轉到了我身上。

「我不干涉店裡的情況。雖然我已經退休了，但因為人手不足，所以今年也以代課教師的身分繼續在學校教書。」

「是嗎？聽說現在學校很辛苦，願意當老師的人減少了。」

孫子即將讀小學的千川不知道想到了什麼，一臉嚴肅地點著頭。

「也沒那麼誇張啦，只是因為鄉下地方找不到年輕的老師而已。好久沒有站上講台了，我發現高中生都很乖巧。」

在談起這件事後，我自然而然地產生了自信。沒錯，如今的學校並沒有那麼腐敗，學校的環境也並沒有比以前更嚴峻，中學也一樣，只是小孩子內心變得更軟弱而已。

宴會進入高潮，清原開始致詞。我退休的時候，校方也為我舉辦了盛大的歡送會，只是規模並沒有像清原那麼大。我可以挺起胸膛說自己的工作人生很充實，但是，並不是每天都充滿歡聲笑語，我相信松本和千川也一樣。聚集在這個會場的年輕人，雖然在這裡很開心，但大部分人在社會上為了生存而身心俱疲，所以才會來這裡和老同學見面，把自己的辛苦變成笑話，然後回到原來的生活，在下一次見面之前，彼此繼續加油。

雖然世人稱之為小確幸，但這不正是豐潤的人生嗎？怎麼可能年紀輕輕就逃避社會呢？怎麼可以足不出戶，躲在家裡呢？希望妳趕快發現，如果妳用這種方式過日子，以後就無法和朋友一起緬懷人生了。——小萌，知道嗎？

我從小在山陰地區深山裡的小城鎮長大，大學畢業後回到了故鄉，和在同一個城鎮出生長大的妻子結了婚。當時正值高度經濟成長期，很多人為了追求更好的生活前往都市發展，但我選擇留在家鄉。拋棄故鄉，追求個人幸福並不是一件困難的事，只是在往後的生活中，內心深處會帶著拋棄故鄉的愧疚。這個選擇也可以證明，想要開拓人生，生長環境比個人的能力和努力更重要。出生在鄉下城鎮的人，就必須一輩子以為在小城鎮中所見到的一切就是整個世界嗎？必須一輩子以為高山的後方什麼都沒有，沒有發現其實那裡有燈火通明的城市嗎？

曾經離開城鎮，外出求學，了解外面有燈火通明的世界，自己可以去那裡，但這樣就心滿意足了嗎？為自己的故鄉點亮燈光，為心愛的人能夠在燈光中生活而盡力，不正是自己出生在這個城鎮的意義所在嗎？

為此，我必須回到故鄉，告訴孩子外面的世界有燈光，讓每個孩子都能夠成為點亮燈光的人而奉獻。……我當初帶著這份決定，選擇了成為高中教師這條路。雖然教師這個行業目前被認為是最穩定的職業，但當時卻是「不如、只能當老師」的時代。不如去當老師吧。只能當老師了。

我深信最了解我的人誤會了我，以為我對某些事死心斷念才回到故鄉，以為我其實嚮往都市生活，以為我羡慕在都市生活的人，甚至感到嫉妒嗎？

難道只有我希望兩個人建立溫暖的家庭，一起在城鎮生活嗎？

長女和長子分別成為空服員和船員離開城鎮時，我就應該察覺了。但是，我對兒女長大離家並沒有任何怨言，問題在於有可能點亮任何燈光的年輕人自己主動放棄了。

我這麼想並不是有什麼大不了的理由，而且也只有我這麼想。

松本他們或許還在持續工作，但我只有每週一、三、五三天在附近的公立高中當代課老師，每天兩節課，每週總共只有六節課。為了避免占用我太多時間，校方都安排每次上午連續上兩堂課。我以校長身分從母校的那所私立學校退休，這裡雖然不是我的母校，但也認識了幾位老師，只不過他們即使沒課的時候也是上班時間，所以我也不方便找他們喝茶、聊天。為了避免影響他們的工作，每次上完課，我都盡可能馬上回家。

我通常在下午一點左右回到家，太太也配合我的時間從店裡回到家裡，兩個人一起吃午餐。和我以前每天去上班時一樣，都是吃太太親手製作的三明治，但在家裡吃的時候還會配上熱湯，這代表有了充裕的時間。太太在下午三點再度回去店裡。當我建議她退居二線時，她總是微笑著對我說，如果帶她去退休旅行的話，她就退休。為了那個還沒有實現的約定，我蒐集了北海道的旅行簡介，自己規劃了行程。總之，平時我在家很悠閒。

已經多少年沒有獨自一個人留在和兒子、媳婦同住的家裡了？雖說和兒子、媳婦同住，但當船員的兒子秀樹一個月在家的時間一隻手都數得清。媳婦亞紀在太太的店裡上班，當初也是因為她高中時在店裡打工，認識了秀樹，之後才會結婚。沒想到父子連這種地方都一樣，但我對亞紀並沒有任何不滿，她個性開朗，做事勤快，最重要的是，她生了一個可愛的孫女小萌。

秀樹結婚時，把住家改建成兩代同堂住的房子，只有晚餐時才會見到兒子、媳婦，但小萌小時候經常跑來我們客廳，聽到她叫著：「爺爺陪我玩」，我也不知道該怎麼玩，只好去書房拿動物和植物圖鑑給她看。我指著照片和圖片告訴她相關的名字，久而久之，小萌很自然地學會了認字，在上小學之前，不要說平假名，她甚至已經會寫片假名和簡單的漢字。有一次，她不看圖鑑就滔滔不絕地把圖鑑上的內容說了出來，逗得我和太太哈哈大笑，覺得她以後一定很有出息。

兒子和媳婦很冷靜，笑著說等女兒十歲之後，就會變得很普通，但她上中學之後的成績也很優秀。亞紀曾經貼心地說，是不是像爺爺？小萌還說，那以後要考和爺爺一樣的那所大學，讓我樂不可支。當我向太太提議，讓小萌加入我帶她去母校參觀的計畫時，太太也高興地說，就這麼辦！

每天上午獨自在家時，我開始重新翻閱已經沉睡了數十年的書……，但在梅雨季節後，家裡不再只有我一個人。

家裡的廚房和兒子、媳婦家的客廳相通，因為有各自的玄關，所以除了吃飯以外幾乎都不會遇到。最初讓我感到奇怪的是，下午一點時，我聽到太太從店裡回家的動靜，走去廚房一看，太太從通往兒子家客廳的那道門走了進來。

——亞紀說她好像忘了關熨斗的電源，所以拜託我去確認一下。

太太一臉慌張地說。個性冒失的太太偶爾會做這種事，沒想到精明能幹的亞紀也會犯下這種疏失。

——那真危險啊。

——但她其實關了電源，可能只是不放心。

有時候匆匆出門時，我也會擔心是不是忘了鎖門，所以也就沒有繼續追問。沒想到幾天之後，我在二樓的書房看書，聽到樓下有動靜。太太沒有這麼早回來，最近幾年，聽說有些小偷專門去一些老人家裡闖空門。我拿起藏在玄關的護身用木刀，躡手躡腳地走向聲音傳來的方向，發現聲音來自廚房。因為有可能是太太，所以我舉著木刀，小心翼翼地走進廚房，避免不小心誤打到人，結果發現小萌在那裡。

我問她怎麼沒去學校，小萌摸著肚子回答說她肚子痛，所以請了假。她說還沒去醫院，我問她要不要開車送她去看病，她說睡一下就好了，然後快步逃離了廚房。她剛離開，就聽到微波爐發出加熱完成的音樂聲，打開一看，薯條和炸雞冒著熱氣，發出香噴噴的味道。雖然我感到不解，她剛才不是說肚子痛嗎？但更在意她加熱到一半就逃回房間這件事。原本想送去給她，但我從來沒有踏進兒子家的客廳，更何況這不是什麼緊急的事，心想等她肚子不痛了，就會回來拿。我讓餐盤繼續留在微波爐裡，也走回了自家的客廳。

太太回家後，我告訴她小萌說肚子痛，所以向學校請了假。太太停頓了一下說，是啊。原來她知道？只有我一個人不知情，還拿出了木刀。這件事讓我感到丟臉，我立刻改變了話題，事後回想起來，覺得當時應該問清楚。

因為太太的表情明顯有事情瞞著我。即使上了年紀，她臉上的表情也和那天一樣。

我直到一個星期後才知道小萌拒學的事。說出來很丟臉，當時小萌已經一個月都沒有去學校了。

所有出席者三呼萬歲後，宴會在愉快的氣氛中結束了。因為要轉移陣地，我們在門口擠滿人之前就先離開了。續攤的店是今天的主角清原親自預約的，但他要晚一點才能和我們會合。我的皮包裡放著出發前，在家裡列印的店家地圖。

「走路不到十分鐘。」

松本看著手機說道。我一直以為自己能夠跟上時代的潮流，沒想到還是落後了一步。

「虧我還特地叫我兒子幫我影印了地圖。」

我似乎比千川進步了一步。不，我這是五十步笑百步。那家店位在大馬路後方的小路上。以前只要有人領到打工費，或是收到家裡寄來的錢，我們四個人就會經常來街上吃喝。

當我離開家鄉後，才知道天黑之後，有些地方仍然燈火通明。以前住在鄉下時，覺得自己搭長途巴士去市區的高中讀書就是進城，但是燈光的數量不到十分之一，不，不到百分之一，我忍不住想像，如果帶她來這裡，不知道她臉上會有怎樣的表情。我回想起她整天仰望天空，想要看看山的後方時臉上的表情。她一定會瞪大了眼睛，興奮地叫著：「好漂亮，好漂亮。」然後拉著我的手，蹦跳著走在夜晚的街頭，用滿滿的燈火照亮的雙眼看著我，感謝我帶她來這麼漂亮的地方。

當我沉浸在自己更了解外面世界的優越感中想像這一切時，她的雙眼看向了有更多燈火的城市。

「對了，你去了清風莊嗎？」

松本問。

「不，我搭下午的班機，剛到這裡。我打算明天去那裡慢慢散步。」

我原本想問他是不是已經去過了，但還是把話吞了下去。因為我發現松本掠過一絲對問了這個問題感到後悔的表情。

「不是已經沒了嗎？」

千川輕鬆地說道。

「原來你也已經去過了。」

「十年前。」

千川的兒子考進了和父親相同的大學，原來他們夫妻一起來參加兒子的入學典禮。

「如果不是這樣的機會，怎麼可能會去呢？其實我原本打算讓兒子也住在清風莊，所以事先打電話去房屋仲介公司，結果對方回答說沒有這個公寓。這並不奇怪，我們讀書的時候，房東大叔已經快六十歲了，三十年過去了，他當然不可能還在當房東，但我想知道原本是公寓的地方造了什麼，所以就帶老婆和兒子一起去看了一下，發現新建了一棟漂亮的公寓，但房東的房子還在後面，門牌也仍然寫著房東大叔的名字。」

我腦海中浮現出千川說的景象，好像自己親眼目睹一樣。我不記得那棟房子有門鈴，因為房東家的拉門即使在晚上也從來不鎖，讓學生無論幾點回家都可以吃飯。我想像著嘎啦嘎啦拉開那道拉門，略微緊張地問：「有人在家嗎？」

「沒想到房東太太走了出來，而且很有精神。」

房東太太一開始看到千川，也想不起他是誰。

「但是她看到站在我身後的兒子後問，你是千川嗎？她還記得我，而且還說我竟然娶了一個年輕可愛的太太。我老婆明明比我年紀大。」

千川吸了吸鼻子後，故意抖了一下身體說：「晚上還真冷啊。」即使不用這種方式掩飾，也可以感受到他當時的高興，同時也很羨慕他。自己為什麼沒有趁早帶家人來這裡走一趟呢？我真不應該逞強。

千川一家人走進食堂，和房東太太聊了好一陣子。

「房東太太說，大叔是在前一年去世的，但也算是長壽了。大叔還記得我們，有時候會回想起當時的事，說我們經常一起打麻將。」

「還經常一臉陶醉地抽Hi Lite菸。」

松本瞇起眼睛說道。在打麻將時，大家都抽大叔的香菸，所以現在想到麻將時，都會同時想起Hi Lite菸的藍色包裝。

「我昨天去的時候，房子也已經沒了，幸好聽到千川說這些。」

我點著頭，突然想到一件事。

「我們現在的年紀早就超越了大叔當時的年紀。」

「雖然當時覺得他很老了。」

松本說，千川也深有感慨地說：「是啊。」

「很慶幸當年能夠住在那裡。」

我忍不住脫口說道，原以為松本又要調侃我，沒想到他也感同身受地說：「是啊。」雖然很想搭著肩膀，唱著當年流行的歌走在路上，但那家店已經近在眼前。

「北漁場」……看起來不像是連鎖店，但應該是學生和年輕上班族會喜歡的店。

跟著服務生走到店內深處的桌子旁，再度巡視了整家店，天花板上露出發黑的橫樑，讓人想起漁夫小屋。牆上裝飾著五彩繽紛的漁獲豐收旗，店內播放著北原美鈴的「石狩挽歌」，雖然店裡有幾桌年輕人，但並不會感覺不自在。我們點了生啤酒後，翻開了菜單。看起來像是工讀生的店員指向吧檯內，向我們推薦今天的推薦菜色，所以我們先看了那裡的菜單。

凍鮭魚、花魚、八角魚……。我似乎了解了清原挑選這家店的理由。

點了凍鮭魚和綜合生魚片後，松本和千川再度聊起了孫子的事。因為最先聊到千川最小的孫子對魚卵過敏，這次並沒有像剛才在飯店時一樣，盡情炫耀孫子的可愛。之前千川的兒子帶著老婆、孩子去他家，千川叫了特上的外賣壽司，結果裡面有海膽和鮭魚卵，為此鬧得不愉快。

「照理說，只要不給他吃就好了，但我兒子回家之後傳訊息過來，說讓小孩子忍耐太可憐了。一定是他老婆叫他這麼做的，幸好我們沒有住在一起。」

「我家則是……」松本接過話題，所以我沒出聲，但在內心點著頭，覺得非常能夠理解。

在洋溢著年輕的喧鬧中工作了四十三年，目前每週仍然有六節課身置其中，當一天之中，有一半的時間身處沒有任何生活噪音的空間時，即使已經這把年紀，聽覺仍然會很敏銳。有一天早上大約九點多，我打開窗戶，在二樓的書房看書，聽到咚滋咚滋的音樂聲，那是年輕人愛聽的快節奏音樂。

這個時間帶，附近有聽這種音樂的孩子嗎？我忍不住思考。因為那天是非假日，附近也沒有大學或專科學校，而且音樂聲很近。我從窗戶探出頭，想要尋找音樂從哪裡來，當我伸長耳朵細聽時，竟然是從我家二樓傳出來的。

小萌在家嗎？但如果她生病請假，不可能聽這種音樂。我回想起上次在廚房遇到她的事，漸漸產生了一種預感。雖然因為隔著「家人」這片濾鏡，讓我不願正視自家的孫女會發生這種事，但身為老師，我可以立刻察覺。

小萌是不是拒學？

太太中午回家時，我向她確認了這件事，她才吞吞吐吐地承認。因為我對她說，如果她不說實話，我要直接去向小萌求證。原來這段時間，太太每天中午都瞞著我送午餐給小萌。

——為什麼不告訴我？我比任何人都了解學校的事啊。

事實上，我內心對這件事很不滿，但太太的回答讓我更加不滿。

——因為我覺得即使告訴你理由，你也不見得能夠理解。

——不說出來，怎麼知道能不能理解呢？

雖然我覺得自己能夠理解，才會如此斷言，但事實的確讓人無法接受。

小萌目前讀中學二年級，她的班上出現了最近常聽到的「校園等級現象」，小萌屬於其中的最高等級，只是她對這種現象感到很不自在。雖然那個等級的學生功課都名列前茅，但這種等級的分配通常都靠聲音的大小來決定。這些人會冷血地傷害他人，在學校舉辦活動時，也都由居於高等級的團體作主，所以也無法全然否定那些學生。連假結束後，她班上的同學開始欺負一個女同學。大家都不理那個女同學，把她的東西藏起來，在老師沒看見時推她，除了用這種傳統的暴力以外，還用手機惡整她。明知道那個女生沒有節奏感，硬是逼她跳舞，然後拍下影片，上傳到網路上。這些學生應該知道，如果有明顯的暴力行為，或是脫下那個女生衣服之類的行為，就不止是校園霸凌，需要由警方介入調查，但因為只是叫那個女生跳舞而已，所以也很難處分。當班導師發現時，已經為時太晚，那個女生開始拒學。

——小萌和這件事有什麼關係？

她也加入霸凌嗎？那個遭到霸凌的女生是她的好朋友，她卻無法幫助她嗎？還是因為她幫了那個女生，導致她也成為霸凌的對象，無法再去學校上課？

以上皆非。

小萌並沒有和別人一起霸凌那個女生，只是視而不見，但她和被害的女生並不是好朋友，只是不希望自己身處這種充滿惡意的環境，不希望再對身為一個人感到絕望。她只是基於這樣的理由拒學。

班導師並沒有上門家訪，可見正忙於處於霸凌問題，根本無暇顧及和霸凌問題無關的小萌。

怎麼可以因為這種理由就不去上學？我差一點脫口而出，但覺得對太太說這種話也沒用，這不是我們祖父母討論能夠做出決定的事。

——妳去告訴亞紀，大家坐下來好好談。

我冷靜地告訴太太，那天晚上，我、太太、亞紀和小萌四個人在廚房談這件事。我首先對小萌說。

——小萌，爺爺在學校工作多年，每個班級都或多或少有問題，幾乎沒有任何一個班級可以讓所有學生每天都開心去上課，即使偶爾有這樣的班級，也不可能三年期間，每天都是這種情況。這並不是因為班上有壞人，而是有人容易犯錯，那並不是特定的某一個人，任何人都可能犯錯，所以，老師的職責就是糾正這些錯誤，但也許只有學生自己能夠導正自己，發現自己或他人的錯誤，努力改正錯誤，就可以獲得成長，就可以獲得勇氣，可以和他人齊心協力，團結在一起，可以變得更堅強。等以後踏上社會，會遇到更多磨鍊，但是，十幾歲時培養起來的堅強將成為克服這些磨難的力量，現在不可以逃避，妳的未來充滿無限潛力，為了開拓未來，妳必須去學校。

小萌很聰明，我的這些話可能太嚴厲了，即使不必說得那麼重，她應該也能夠理解，沒想到她的回答令我意外。

——即使你自己當初阻礙了奶奶的夢想嗎？

我的腦筋一片空白，渾身的血好像都在沸騰。

——我不知道妳是聽誰說的，但不要自以為了解狀況。如果妳以為只有妳自己最了解狀況，那就該想一想，或許有人因為妳基於自私的理由拒學而感到不高興。尤其是那個遭到霸凌的女生，如果她知道妳拒學，會有什麼想法？妳不僅沒有向她伸出援手，還利用別人的霸凌偷懶不去上學，這也未免太過分了。妳不覺得比起那些霸凌的孩子，妳的行為更加惡劣嗎？

——老公，你話說得太重了！

太太拉著我的手制止我，但已經來不及了。小萌流著淚，渾身發抖地衝了出去，我並不認為自己說錯了。身為父母，應該能夠理解我說的話，我用探詢的眼神望向亞紀，沒想到亞紀說的話也令人洩氣。

——我希望給小萌一點時間，直到她自己想要去學校，所以，我希望爸爸也能夠放寬心，守護小萌。

這根本是溺愛孩子的母親說的話。在我的記憶中，從來沒有見過靠這種方式等待，最後回到學校的孩子。拒學的時間越長，在精神上就越難重回學校。難道她沒想過，趁班上同學只注意到那個遭到霸凌的同學期間，小萌可以用身體不適的理由重回學校，這是對小萌最好的解決方式嗎？

居然還叫我放寬心。但當母親的都這樣。

——秀樹怎麼說？

——我不想讓秀樹擔心，所以還沒告訴他。

——什麼？妳把父親當什麼了！

我並不覺得自己在大聲喝斥，我本來就不喜歡大聲說話，因為我知道，這樣無法拉近和對方之間的距離，只會造成不信任和恐懼，但亞紀用充滿這兩種感情的眼神看著我，和小萌一樣，衝出了廚房。

——你沒有說錯任何一句話。

廚房內只剩下太太和我。她靜靜地對我說，她果然是最了解我的人。

——但是，這個世界上並不是每個人都能夠像你一樣凡事按邏輯思考，即使發現自己錯了，感情也無法輕易接受。在你了解這一點之前，我會支持亞紀和小萌。

當小萌放暑假後，她說要和小萌兩個人一起去旅行散心，拎著大旅行袋便出門了，甚至沒告訴我去哪裡旅行。那天之後，我每天都吃便當店的便當。

我仰頭喝著生啤酒。

「我看我也去料理教室學做飯好了。」

「啊喲啊喲，你怎麼了？該不會和鈴蘭妹妹吵架了？」

松本搭著我的肩膀問道，雖然向他們和盤托出，心裡一定會很暢快，但我們闊別數十年，下一次不知道什麼時候才會見面，我不該向他們傾吐這一個月來的不滿。

「不，我正在摸索第三人生。」

我好不容易擠出這句話時，清原出現了。隔壁再隔壁那一桌的四個男人對他說：「老師辛苦了。」原本以為他們只是普通的上班族，原來他們剛才也參加了派對。

清原坐定之後，松本對吧檯內的老闆說：「那個拜託一下。」工讀生送來一瓶香檳和香檳杯。松本事先打電話向老闆確認，發現這裡平時並沒有賣香檳，所以請老闆特地準備。

「也請給他們杯子。」

松本向工讀生多要了四個杯子後，大家一起乾杯。「這是大家送你的。」千川拿出紀念品交給清原，大家重新在餐桌旁坐定後，清原終於鬆開了領帶。

「不好意思，讓你們久等了。」

「我和千川都在聊孫子的事，時間一下子就過去了。佐伯正在思考第三人生。」

松本露齒而笑，加點了幾道菜後，三個人圍著清原。

「清原，你接下來有什麼打算？」

千川問。

「還有很多後續事宜要處理，但已經決定要和我太太搭船去旅行。」

「是喔！」我們三個人都驚叫起來。喜愛古典音樂的高材生退休之後的計畫也很時尚。什麼時候去？去哪裡？日程呢？我們好像連珠砲般發問，清原說，目前已經相中了一個旅行團，明年春天左右，將搭名叫「富士山」的船從橫濱出發，花將近一個月的時間環遊世界。

「『富士山』不是全日本最豪華的遊輪嗎？」

松本說，他之前曾經看到電視節目的介紹，船上有賭場、電影院、舞廳、游泳池，各種主要遊戲設施一應俱全，隨時提供日本料理、中餐、法國菜、義大利菜等一流的餐點。

「真是悠哉啊。」

清原夫婦沒有小孩，也不會為家庭問題煩惱。

「但是，和老婆兩個人……」

千川幽幽地說，松本也發出「嗯」的呻吟。

「又不是一天二十四小時都在一起。」

雖然我補充道，但我沒資格說這種話。

「我太太十年前就迷上了國標舞，她似乎很期待能夠找到年輕的舞伴，充分享受跳舞的樂趣，應該是受到之前看的『鐵達尼號』DVD的影響。」

清原覺得很滑稽地說道。

「那你一個人要做什麼？一個月很長啊。」

松本問道，清原雙眼發亮地巡視我們，似乎就在等待這個問題。

「我打算寫小說。」

繼搭船環遊世界之後，清原再度語出驚人，松本和千川叫著：「是喔！」然後說「鋼筆真是送對了」、「不是會用電腦寫嗎？」簡直就像學生在討論校慶時要表演什麼節目。

「但是，經濟系的教授有辦法寫小說嗎？」

千川問。

「我對自己的閱讀量很有自信，如今退休了，終於可以說出來了，我小時候的夢想就是當小說家。我大伯在出版社上班，原本以為我父母也很贊成，沒想到他們叫我別癡人說夢，還說要和我斷絕父子關係，所以，我之前就決定，等到退休之後來挑戰。」

「太厲害了，你不光是想寫而已，還想要當小說家嗎？」

松本語帶佩服地說。

「曾經紅極一時的松木流星也很晚才出道，我記得是五十歲的時候。當時的五十歲相當於現在的六十五歲吧。」

「那就期待下一次的出版派對囉。」

松本得意洋洋地說完，小聲地問千川，有沒有看過松木流星的書。「當然有啊。」千川列舉了幾部知名的作品，松本自曝其短地說：「原來不是只看了電影而已啊？」

清原默默地看著我。

「你太太還在寫小說嗎？」

「之後就沒再寫了。」

「這樣啊……」

這幾個人中，只有清原知道我太太曾經想當小說家。在我求學期間，太太在寫信時，也把自己寫的小說寄給了我。以一個外行人寫的小說來說，的確很精彩，也很期待故事接下來的發展，但我沒有想到她真的想要當作家。

在我們訂婚後，她說想去東京當松木流星的徒弟。對我來說真是晴天霹靂、事出突然，甚至不太了解她在說什麼。雖然她說是小學同學介紹，但也未免太巧了。我在學生時代就知道清原的伯父在東京的出版社工作，清原房間的書架上也有二十多位作家的作品，但那些書完全找不到任何共同點，我曾經問他，到底是以什麼基準挑選了那些書，他告訴我，那些都是他伯父負責的作家。於是，我背著太太打電話給清原，向他說明了情況，然後拜託他，是否可以向他伯父打聽松木流星的事。

「我當時做得對嗎？」

「我不知道你們夫妻之後的情況，但是，有一件事很明確。你聽過任何一位作家是松木流星的徒弟嗎？」

以前我從來沒有想過這個問題。

「怎麼了？鈴蘭妹妹也曾經想當作家嗎？」

松本插嘴問道，但我現在不想談這件事。清原開了口。

「松本，你到了這個歲數，也會有一、兩個想要寫的故事吧？不過，你還是先聽聽我的構想。我要寫四個退休族被捲入德川埋藏金的陰謀，勇敢地迎接挑戰的故事。」

「要以我們為藍本嗎？」

千川也加入了討論，我起身走去廁所。上完廁所後走出來，發現一個女人站在昏暗的走廊角落。她是剛才和我們一起乾杯的清原學生之一。「借過。」我微微欠身後走了過去。

「火腿哥！」

可能是因為剛才聊到以前的事，我好像聽到太太以前叫我的聲音，停下腳步回頭張望，和清原的學生眼神交會。她不可能知道我這個暱稱，甚至根本不知道我的名字。

「呃，不，失禮了。」

女人鞠了一躬後快步離去。我是不是聽錯了？還是她叫了我，但我聽錯了？即使回到座位後，發現她仍然不時看著我。到底是怎麼回事？我想問清原，但他一直口沫橫飛地說著寫小說的構想，不知道他到底有幾分真心。

「喂，佐伯，我已經拜託清原把我寫成射擊名手，千川要當劍術達人，你想當什麼？」

我記得學生時代也曾經討論過類似的內容。那次我們四個人去看了西洋的冒險電影。

「清原很會下西洋棋，所以要當參謀，我當然是很擅長製作炸彈的發明家。」

於是話題轉移到那時候令我們陷入瘋狂的電影，聽說我們每次看完電影必去的拉麵店也還在經營。

現在就別想日常生活的麻煩事了。

大吃大喝之後，松本提議，要不要去學校看看。我和千川同時舉手表示贊成，但隨即用眼神問清原，這樣算不算擅闖校園？清原也舉手表示贊成，我們請店家幫我們叫計程車。

我們幫清原的學生一起結了帳，走出店家，在門口時轉過頭，發現在廁所遇見的清原學生仍然看著我，但我並沒有放在心上，直接走了出去。千川坐在大型計程車的副駕駛座上，松本和我坐進了後車座，但清原不見了。是不是還在和他的學生說話？千川問。等了一會兒，清原走了出來，說了聲：「對不起。」坐在我的旁邊。

千川請司機去北大的正門。

「趁沒有忘記，先把這個給你。」

清原從放了紀念品的紙袋裡拿出一個裝了資料的牛皮紙信封。

「剛才的學生交給我的，說可能是你遺忘的東西。」

清原把信封交給我，但我沒看過這個牛皮紙袋。我打開沒有封口的信封，裡面放了一疊紙，上面是電腦打的密密麻麻文字，但在昏暗的車內，很難看清楚信封裡的那些紙上寫了什麼。唯一確定的是，這並不是我帶來北海道的東西。

「你回飯店後好好確認，如果不是你的東西，再由我交還給她，你只要寄放在飯店櫃檯就好。你住哪一家飯店？」

「車站飯店。」

「只要打一通電話給我，我明天會叫研究室的學生去拿。」

清原現在似乎無意把這個信封拿回去。好吧。我把信封放進了皮包，我們沒聊幾句，就已經到了目的地。從大馬路旁下車後才走沒幾步，但涼爽的夜風剛好可以醒酒。

校園雖然很大，但即使不用說，大家也知道要去哪裡。我們要去建在高台上的大學創始人雕像，只是並不是去見偉大的老師，而是背對著雕像，四個人面對我們剛才喝酒的鬧區排排站。

「一樣……」

這是我在學生時代最愛的夜景。

我曾經去過函館、神戶和長崎等以夜景出名的名勝，每一個地方，都可以看到腳下一片燈光的地毯，美得好像要把人吸進去。然而，如今我們眼前是一片好像黑色大海般的黑暗，校園內巨大的綠地形成了這片黑暗，巨大的黑色海洋的後方，是明亮的街燈。

我當時是理科的學生，經常住在研究室，那時候常看到這片風景。黑色的海就好像包圍老家城鎮那片城牆般的高山，但是，和故鄉的風景不同的是，後方是閃爍的燈光。那不是伸手可及的距離，也不會覺得好像快被吸進去了，雖然中間有一大片黑色海洋阻擋，卻是可以用自己的雙腳走到的距離。

當時，我看著這片景色，思考了自己的將來，和在故鄉心愛的人。有一天，背後突然傳來松本的聲音問我，要不要來幽會？我告訴他說，我很喜歡這裡。松本覺得太巧了，因為他也喜歡這裡。我問他，你不是在橫濱長大嗎？但他有他的理由。

「以前我站在這裡時，都會湧起滿滿的鬥志，覺得現在雖然是普通學生，但有朝一日，要成為一個發光的人。現在覺得還是保持一點距離，欣賞那些閃亮的東西就好，因為太靠近就會被吞噬。」

松本看著夜景說道。

「其實我也帶我老婆來過這裡。雖然我兒子很不滿地說，不能去更靠近夜景的地方嗎？但我老婆看得出神。」

千川說。

「我每次遇到瓶頸時就會來這裡。」

清原說。

在這裡遇到松本的幾天後，我們在滿是菸味的家裡打麻將時，突然很想看這片景色，然後一起來這裡。那次之後，這裡就成為除了清風莊之外，我們四個人聚集的地方。我們曾經在這裡通宵喝酒，發洩對人生的煩惱，對世界上所發生的事、政治和社會的不滿，我記得還曾經被警衛痛罵，你們想在這裡凍死嗎？

默然無語的時間慢慢過去。即使不必重提當時曾經做過的事，每個人應該都會回想起往事。我相信包括我在內的四個人，都不會有人說，希望日後能夠再度在此聚首。

但是，每個人都希望能夠再度在這裡聚首——。

到了飯店後，雖然睡魔發動猛烈攻勢，但我還是很在意清原交給我的資料，決定先看一下。稿子上寫的是名為《天空的彼岸》的短篇小說。

那座山的後方到底有什麼？我是一個整天凝望遙遠的風景、喜歡幻想的麵包店少女——。

這是怎麼一回事？看了第一頁我就知道，這是以我太太為藍本寫的小說。雖然已經過了深夜十二點，但我從皮包深處拿出手機，想要向清原確認，發現手機在閃爍。有一通訊息。

那是晚上八點收到的，是太太發來的訊息。

『火腿哥，你還好嗎？回到飯店後和我聯絡，我就在附近。』

旅途的盡頭

當被高山包圍的小城鎮是我全部的世界時，那些山只像是告訴我季節變化的月曆，我從來不覺得它們是「城牆」。直到我知道山的後方還有其他城鎮，那些城鎮的後方還有更大的城市時，才產生了這樣的感覺。

到這裡為止，和奶奶一樣。

奶奶雖然曾經有機會在大城市實現夢想，卻因為無法得到周圍的理解，在這個小城鎮生活了一輩子。對她來說，周圍的這些山就是「城牆」，但是，即使現在問奶奶當時的事，她應該也會笑著回答說，因為當時就是那樣的時代，只不過眼尾會帶著一抹心酸。

並不是只有奶奶一個人放棄。在那個年代，鎮上有很多人想要繼續升學，卻因為經濟因素而不得不放棄；也有人雖然有喜歡的人，卻含淚和父母決定的對象結婚。後者雖然只是我的想像，但隨著城鎮的人口越來越少，在人口不滿五千人的那個城鎮，若說至少有五個這樣的奶奶，也沒什麼好奇怪的。

她們仰望著高山，想像自己坐上在高空悠然飄動的雲，希望至少可以把思緒帶向遠方，帶去在現實生活中摸不到的世界，然後在那個城鎮度過了數十年的歲月。

也許是我想太多了。

即使山的容貌多年未改，城鎮周圍的環境也漸漸發生了變化。

以前必須沿著蜿蜒的山路，搭一個小時的車才能到達的隔壁城鎮，在我出生之前，正確地說，是在爸爸小學五年級時完成了隧道，只要不到二十分鐘就可以到達。從那裡搭去機場的巴士，雖然每天只有一班，但只要不到兩個小時就可以去東京。即使搭特急電車去大阪，再從那裡轉搭新幹線，也只要不到半天的時間就到了。

每個學年都有四分之一的畢業生會進大學，偶爾會聽到有人相親結婚，但從來沒有聽說過有人哭著出嫁。偶爾會在城鎮上看到烤肉派對之類的相親活動海報，姑且不論參不參加這件事，但至少打造出輕鬆愉快的氣氛。

奶奶那個世代的人親眼目睹了時代的變遷，所以不至於一直認為周圍那些山是「城牆」，也可能覺得那些山變低了。不，只有受到時代發展的恩惠的人，才會有這種感覺。

我相信有很多人至少曾經一度嘆息，如果自己晚出生幾年就好了。

不知道奶奶聽到她的兒子想當船員時，曾經有過怎樣的想法。在女兒成為空服員時，不知道是不是發自內心地祝福。她內心深處一定感到羨慕，希望自己也出生在這個時代。

果真如此的話，奶奶看到再下一個世代，看到我的時候，是否也曾經希望生在這個時代呢？

「小萌，拍全景要按哪一個鍵？」

我腦海中的思緒就像肥皂泡破碎般瞬間消失，回到了現實世界。奶奶遞過來的數位相機，鮮豔的粉紅色在大自然中應該是異物，卻好像和知床這個地方很搭。

一大早就搭遊覽車參觀了知床五湖，中午吃了鮭魚親子丼，又搭了遊覽船，可以從海上欣賞普通人只能從陸路造訪、被指定為世界自然遺產的知床半島大自然。從高山向大海伸展的大地顏色、粗糙堅硬的岩石顏色，以及像鏡子般映照這些風景的透明水色，和穿透天頂的天空顏色都明確地表達著自我主張，人造的東西根本沒有餘地在這裡引人注目，但這裡並沒有排除來自外界的顏色，而是寬容地加以接受。

色彩鮮豔的背景讓奶奶看起來比平時年輕十歲。正因為身處這樣的環境，感覺好像會讓我內心混濁的顏色原形畢露，讓我感到坐立難安。

「按中間那個按鍵，然後把箭頭對準全景。」

我在回答之前，就把相機還給奶奶。「對喔。」奶奶接過相機，舉到眼睛的高度，按下了快門。奶奶真的是機器智障。雖然我在心裡覺得很受不了，但沒有說出口，當然也沒有表現在臉上。

奶奶把整天都足不出戶的我帶出了門。原本奶奶要和爺爺一起去北海道，因為決定要和我兩個人旅行，只好臨時買了相機，難怪連使用方法都不知道。

導遊介紹說，從高達一百公尺的斷崖流入海中的瀑布稱為「湯華瀑布」，別名為「男兒淚」，我記得剛才還有名叫「少女淚」的瀑布。少女淚感覺很秀麗，不知道男兒淚會是什麼狀況。

爸爸每次看動物節目，就會在電視機前啜泣。當我和媽媽嘲笑他時，他總是大言不慚地說，男人比女人更純情，但我從來沒有看過爺爺流眼淚。

奶奶不時發出「啊喲」、「喔」的聲音附和導遊，拚命按著快門，但即使聽到男兒淚，似乎也完全沒有想起爺爺。

「小萌，聽說這個行程可以看到棕熊。」

即使奶奶雙眼發亮地告訴我這件事，我也不知道該怎麼回答她。前年不是有一頭熊闖進我們城鎮嗎？爺爺還提醒奶奶說，因為她是麵包師，身上有奶油和蜂蜜的味道，所以最好不要一個人去山邊。還是說，在旅行時遇到的熊不一樣？

「大海好漂亮，翡翠綠和鈷藍色，為什麼近處和遠處的顏色不一樣？」

爺爺應該可以馬上回答奶奶的問題，但即使我不吭氣，奶奶也會自顧自繼續說下去。看著旅途中的奶奶，我終於理解「雙腳離地三公分」這句話的意思。

只不過我對大海已經膩了。

我知道奶奶帶我來北海道的理由，她想讓我見識一下像城牆般的高山後方的世界，見識一下在後方的世界中特別遼闊的場所，想要藉此告訴無法上學的我，不需要為狹小世界的事煩惱憂愁。即使現在感到痛苦，但世界很大，還有很多避風港。

這種想法已經過時了。

曾經有一段時間，去山後方的城鎮讓我有解脫的感覺。爸爸是船員，媽媽是麵包師，雖然他們的職業都無法固定休假，但會不時帶我去旅行。從京都和奈良的寺院、迪士尼樂園這些眾所周知的觀光地，到比我們住的城鎮更偏遠的地方，尤其每年都會去海邊一次。

——大海很壯觀吧？小萌，妳從出家門後，無論走向哪個方向，都一定會遇到大海。

爸爸經常這麼對我說。爸爸還告訴我，在他上了中學之後，就很想離開這個城鎮。他每晚都攤開地圖，思考到底要去哪裡。他幻想自己離家出走，無論距離長短，當他來到海邊時，就差不多睡著了。

我很喜歡「幻想離家出走」這句話。因為是小孩子，即使挨了大人的罵，不想留在家裡，或是和同學吵架，想要離開這個地方，甚至沒有特別的原因，只是想要遠行時，一個人也無法去遠方，最多只能去郊外而已。但即使只是去郊外，因為有熊出沒，會很危險，所以陌生的大人看到時也會出聲阻止。相較之下，幻想的離家出走就很自由。

也許那是我逃離城鎮的模擬訓練，一旦覺得真的撐不下去時，我可以逃走。我曾經以為只要這麼想，就可以克服大部分的事……。

如今已經完全不這麼想了。

二十人的船坐滿了人。明明是暑假，但大部分遊客都和奶奶年紀相仿，也有幾組家庭客，有一個和我年紀差不多的男生。我也沒有享受眼前的風景，所以可能沒資格對他的行為感到不悅，只是他一上船就低頭看著智慧型手機。應該不是在上網查有關知床的資料吧？他像平時一樣和朋友聊天，也和陌生網友分享。我不知道他是從哪裡來，但對他來說，無論知床還是家裡都一樣，都是可以使用智慧型手機的地方。

我也可以馬上和他一樣。即使我離家數百公里，只要我不說，對別人來說，我就和在家裡沒什麼不一樣。

也可以說，無論逃到多遠的地方，都和對方無關。

如果自己遭到霸凌，可以逃離那個環境，可以離開城鎮。雖然離開之後，那些人仍然會大肆攻擊，但只要我不回去，就聽不到那些惡言惡語，日子久了，自然而然會消失。畢竟有毅力追到天涯海角也要繼續霸凌別人的壞蛋並不多，而且除非自己也超賤，對方才會這麼做。

但是，在當今的時代，無論逃去哪裡，都很難展開全新的生活。即使交到了新的朋友，只要對方上網搜尋名字，就會看到無數誹謗中傷，對方可能會改變態度，覺得還是不要和這種人當朋友比較好。即便如此，如果過的是平凡的生活，或許還不至於造成太大的影響。

但是，如果擁有巨大的夢想，想要成為藝人、運動選手或是小說家，無論怎麼努力，最終實現了夢想，那些人都會覺得找到了有趣的攻擊目標，於是就利用網路這個空間丟石頭。

就好像那些人對麻奈所做的事。

我從小學高年級後，就夢想成為小說家，但我並不是像知名作家經常在接受採訪時說的那樣，從早到晚都在看書，每天過著與書為友的日子。我每個星期去學校的圖書室借一本書，每個月領零用錢時，就會買兩本我喜歡的系列作品的文庫本。雖然只是這種程度而已，但觀察周圍之後，覺得可以很有自信地說，自己的興趣是閱讀。

上中學後，我參加了電腦社。

電腦社每個年級都有十五名男女學生，以文化系的社團來說，算是一個大家庭，但活動的內容只是更新學校網站內由學生負責的專欄，以及製作學校活動的海報和宣傳單這種不起眼的內容，所以只有不到五個人每週有一半以上的時間會去社團做這些事。

那些覺得在鄉下地方的學校球隊練習只會越練越糟，都去參加鄰鎮的足球隊和棒球隊的學生，都會在電腦社掛名，所以每次運動會的社團對抗接力賽時，電腦社都是冠軍。雖然看到那些參加接力賽的成員帶著優越的表情，說什麼竟然贏了本校各球隊時，我內心總是很不以為然，但他們在學校很受歡迎。最讓我生氣的是，偶然有人問我，是不是想要接近那些男生，所以才參加電社。

開什麼玩笑？如果妳覺得羨慕，自己也可以來參加啊。而且電社是什麼意思啊？但我從來沒有把腦海浮現的話說出來。因為鄉下地方的小孩在十歲之前就已經學到，廢話只會惹來麻煩。

我之所以參加電腦社，是希望父母幫我買自己專用的電腦。我家只有一台電腦，而且是在爺爺家的書房，每次使用時，都要徵求爺爺的同意。爺爺以前是高中的自然科老師，即使我沒有提出要求，也會主動問我要不要看名為「向前衝科學館」的自然科實驗網站，卻莫名其妙地限制我每天只能看一次藝人或電視節目的官網。

既然這樣，我情願家裡完全沒有電腦。因為我算是也能使用那台電腦，所以我上中學時說想要一台筆電，立刻遭到了否決。媽媽甚至說什麼電腦是犯罪的溫床，用這種連爺爺都不至於有的偏見表示反對。麵包店裡每天都充斥著大人小小、各式各樣的傳聞，所以也不能怪她。

由於爸媽、祖父母都在上班，所以即使我沒有提出要求，他們也主動為我買了手機。現在覺得早知道每天吃完飯，都要被叮嚀「可以和同學傳簡訊，但不可以上網」，那還不如不要給我手機。

不，其實我並沒有真的這麼想。

雖然我隨時可以要求把手機解約，但我的連帽衣的口袋裡現在仍然浮現出長方形的輪廓，而且還是開機狀態。有手機並不全然是壞事，如果沒有手機，我應該也不會想要寫小說。

但是，如果沒有手機，也不會把麻奈逼入絕境。

「小萌，有棕熊、有棕熊！」

我看向奶奶手指的方向，棕色的大熊帶著兩隻小熊走在海邊的岩石區。導遊說，運氣太好了，竟然看到大棕熊帶著小棕熊。大部分遊客都興奮地點著頭，只有我和那個拿著智慧型手機的男生依然冷漠。

趕快收起來啦。即使坐在男生旁邊，看起來像他媽媽的人這麼說，他仍然一臉不耐的表情，繼續低著頭。天氣這麼好，風景這麼美。他媽媽沒有輕言放棄，但他完全充耳不聞。坐在他媽媽旁邊的應該是他爸爸，只是他不理會他們母子，舉著有望遠鏡頭的相機追著棕熊。最後，他媽媽也輕輕嘆著氣，將目光移向棕熊。

帶你出門玩，你卻這樣。我似乎可以聽到他媽媽的心聲，但搞不好奶奶也有同感，她可能也對我的反應冷漠感到很失望。

我並不是故意裝模作樣，而是我不知道該怎麼享受旅行的樂趣。

曾經當過高中校長的爺爺無法容忍自己的孫女變成繭居族，把家裡的氣氛搞得很緊張，我很感謝奶奶把我帶離了家中。

去北海道吧。當奶奶這麼對我說時，我一口答應，但完全想不到自己想去北海道的哪裡，也不知道要去做什麼。如果是冬天，還可以玩單板滑雪或是滑雪，也有雪祭，但夏天的北海道可以玩什麼？我用智慧型手機上網查了一下，發現富良野的薰衣草田和旭山動物園是很受歡迎的景點，而且網站上還附了照片。

我想要親眼目睹。人生中有一大半時間沒有網路的人或許會有這種想法，而且地點越遠，就越覺得遠離了日常生活。出門旅行期間，可以擺脫日常生活中的煩惱。

去哪裡都無所謂啦。我決定把旅行的計畫全都交給奶奶處理，為了瞞著爺爺，奶奶不用家裡的電腦，而且她本來就不太會用電腦，於是就去了鎮上商店街唯一的旅行社，所以我完全不了解奶奶對這趟旅行的要求。我覺得這趟旅行一半是為了我，另一半是奶奶的反叛，所以我完全不過問。在爺爺退休後，奶奶終於舉起了反抗大旗，想要逃離爺爺的控制。

既然這樣，為什麼不去東京呢？我很想這麼建議，但還是忍住了。因為這麼一來，奶奶就會知道我發現了她以前的日記。

啊呀，真是太棒了。幾個爺爺心滿意足地說道，我和奶奶跟在他們後面一起下了船，大家都走向掛著「魅惑的道東一日遊」看板的遊覽車。由於奶奶事先告訴導遊自己容易暈車，所以我們的座位是在駕駛座相反側的最前排。

這次旅行中，搭渡輪來北海道時，奶奶一直都躺著。躺著的時候完全沒有問題，但只要一坐起來，震動就會縱向傳入身體，感覺很不舒服。

——原本以為比長途巴士大，應該沒問題。

雖然奶奶怕我擔心，笑著對我說，但她的臉色很蒼白。

——到北海道之後就沒問題了。不知道是現在研發的藥很有效，還是我的體質發生了變化，搭車或是電車已經完全不會暈車了。

奶奶說的沒錯，到了北海道之後，她看起來精神很好。雖然她內心對搭渡輪隱約感到不安，但還是帶著想要參觀兒子職場的心情決定搭船，而且船票也可以享受家屬優惠。

「大家都到齊了嗎？」

導遊正在確認人數。奶奶坐在靠窗的座位，所以站在通道上的導遊和我之間的距離大約三十公分左右。在參觀知床半島時，導遊唱了「知床旅情」，年長旅客大肆喝采，所以搞不好這次又要唱歌了。

「接下來我們將越過知床嶺前往根室，中途會在標津休息。在標津之前，如果各位有任何不舒服，也請儘管提出，不必客氣。」

車內又響起喝采聲，大家似乎用鼓掌代替回答。奶奶也看著導遊拍手，她似乎很享受和來自全國各地，剛好在這一天造訪北海道這個景點的同團遊客同樂的感覺。

此時此刻，奶奶的心已經不在那個城鎮，只在這裡而已。也許有點掛念爺爺，爺爺雖然是很傳統的男人，但能夠照顧自己，比起至今仍然不知道自己的襪子收在哪裡的爸爸厲害多了。

我也稍微拍了拍手，同時嘆著氣。

真的是因為智慧型手機的關係嗎？

即使在沒有手機的時代，我或許也無法享受這趟旅程；相反的，如果沒有麻奈的事，即使手機放在口袋裡，我或許也能夠像其他人一樣樂在其中。也許會比奶奶更早發現棕熊，不停地拍照，現在正拚命將照片傳給朋友，完全不理會導遊在說什麼。

奶奶能夠這麼開心，是因為她在那個城鎮沒有任何牽掛，所以也不會害怕和城鎮之間的連結。我總覺得奶奶即使當年搭上了電車，也不會得到幸福。為什麼爺爺當年沒有笑著送奶奶離開呢？

在我拒學兩個星期左右，發現了奶奶的日記。我想看書打發獨自在家的漫長時間，趁爺爺出門上班時溜進書房，想要物色一些厚書來看。

有玻璃門的書架上放滿了《我是貓》、《伊豆的舞孃》等日本文學全集和《亂世佳人》等世界文學全集，我從書架最上層左側拿下了《咆哮山莊》，我想先看一下前面的部分，想要從紙盒裡把書拿出來，但怎麼甩也甩不出來。仔細一看，原來有幾張折起來的紙塞在書和紙盒之間。

那就是奶奶寫在稿紙上的日記，正確地說，應該算是手記。我也檢查了其他書，發現夾在《咆哮山莊》和《亂世佳人》的全三卷內，旁邊的《哈姆雷特》裡什麼都沒有。

奶奶從小就生活在那個窮鄉僻壤的城鎮，整天仰望著高山幻想。在讀小六那一年，和轉學到班上的道代成為好朋友後，開始寫小說。

奶奶竟然寫小說！我很難想像年輕的奶奶寫小說的樣子，在我眼裡，奶奶就是麵包師，一直以為她比任何人都愛做麵包。我只知道從曾祖父那一代就開始經營麵包店，以為奶奶從懂事的時候開始，就立志要當麵包師。

雖然我無法想像奶奶寫小說的樣子，但有那麼一剎那，我自己和奶奶年輕時的身影重疊了，但隨即搖頭，擺脫了這個想像。我其實是道代。雖然能夠寫出不錯的作文或是內容乏善可陳、敘述的方式看起來卻有點像文學的東西，但創作故事的能力和奶奶有著天壤之別。

年輕時的奶奶就像是江藤麻奈。

當初加入電腦社是希望用學校的電腦寫小說，之後再請父母買一台我專用的電腦，但周圍有其他人時，注意力無法集中，也很擔心別人會探頭張望，問我在寫什麼，所以沒寫三行，就打消了當初的念頭。

無可奈何下，我在社團活動時，都主動製作保健和防止犯罪的資訊，但還是必須抽時間完成無法在學校做的事。

媽媽雖然在餐桌上叮嚀我不能上網，但幾分鐘後，我就在自己房間內，拿著智慧型手機登入了小說投稿網站「夢工房」。網路上有好幾個網站，寫手和讀者都是十幾歲的女生，原本覺得如果我要投稿的話，那些網站的門檻似乎比較低，所以曾經有一段時間，都集中看那些網站上的小說，但最後卻覺得不太喜歡。文章寫得很差，內容也都大同小異，萬能的男生和普通女生的戀愛故事只要看一次就膩了，自己根本不可能想要寫那種文章。

我暗自下定決心，絕對不和同一個城鎮的男生交往。

在瀏覽別人的投稿作品、了解網站的屬性後，覺得「夢工房」網站上刊登的《玻璃人》的作品很精彩，忍不住深受吸引。作者名叫更科艾瑪。

和作者同名的主角艾瑪在十二歲生日的早晨變成了玻璃人，總共由頭、雙手雙腳和被分成上下兩半的身體這七個玻璃零件組成。枕邊有一張寄件人不詳的生日卡，上面寫著「這個禮物可以讓妳成為心像玻璃一樣透明、很棒的人」，除此以外，還寫了注意事項。

接下來的一個星期，妳將變成玻璃人。雖然輕微的撞擊不會導致玻璃破碎，但如果沒有日行一善，就會有一個部分碎裂。當天結束的深夜十二點會進行判斷，在第七天的深夜十二點，只要還剩下一個玻璃零件，就可以恢復原來的身體，如果全都碎裂，就會失去生命。也就是說，在接下來的一個星期內，只要做一件好事就可以活命，所以根本是簡單的任務。加油吧。

變成玻璃人的艾瑪搞不清楚到底是什麼狀況，像往常一樣去小學上課。除了艾瑪以外，其他人眼中的艾瑪似乎和平時沒什麼不同。艾瑪立刻在美勞課時協助班上一位有視覺障礙的同學一起完成了美勞作業，當天晚上，當時鐘的時針、分針和秒針集中在同一條線上時，右手的部分碎裂了。

網站上只有小說的第一章，而且是不定期刊登，不知道什麼時候可以讀到後續，但我還是在幾天內看了三次。「夢工房」可以針對網站上的小說留言，我忍不住留言「故事很精彩，期待趕快看到後續內容」。這是我第一次在網路上留言。

如果媽媽知道了，恐怕會當場昏過去，但我既沒有不安，也沒有任何罪惡感。因為我在稱讚別人，而且能夠看到可以令自己興奮的作品，感到很高興。我也想寫這樣的作品，雖然我抱著這種想法在筆記本上寫的短篇作品都和《玻璃人》有著天壤之別，但那時候的我覺得自己和艾瑪是實力相當的競爭對手。

《玻璃人》兩個月更新一次，雖然留言欄內偶爾也有批評意見，但逐漸累積了忠實讀者。

我是在一年級的第二個學期即將結束時，和同學年的麻奈一起製作吹奏樂社的新年音樂會海報。雖然麻奈參加社團活動的出席率很高，但她總是坐在最角落的電腦前，每次都會忙到社團活動結束，所以那次是我第一次和她合作。我們在不同班，而且也讀不同的小學，即使在同一個活動室內，也幾乎很少交談。她長得像洋娃娃，皮膚白皙，五官的輪廓也很深，漂亮的臉蛋感覺和鄉下地方格格不入，這也是我不願主動和她聊天的原因之一。

——我很不擅長以繪畫為主的海報。

我完全想不出任何點子，把滑鼠推開，一副先說先贏的態度，麻奈笑著說我很狡猾，然後又接著說。

——小萌，妳的確很會寫文章，把所有重點都簡潔易懂地寫出來了，上次的人權作文也入選了，真羨慕妳。我的文章經常被說拖泥帶水。

沒這回事啦。雖然我這麼回答，但其實我並沒有看過她寫的文章。聽到她的稱讚，我露出害羞的笑容，麻奈又繼續問我。

——妳有沒有寫小說？我原本以為妳參加電腦社也是為了這個原因。

我並沒有問她，她為什麼會知道？因為如果我天真地對她吐露實情，她很可能立刻臉色一變，說我很噁心。大部分同學都會看小說和漫畫，也會討論喜歡誰的作品，但只要有同學在筆記本角落塗鴉，其他人就立刻說她很噁心，然後罵她是宅女。正因為如此，我耍了小心機問她。

——麻奈，妳是為了這個目的嗎？

——啊？原來被妳發現了。

麻奈不加思索地回答，我這才告訴她，其實我也一樣。

——可以的話，我們交換看對方的作品吧。

我終於發現了同好，興奮地提議道，但麻奈並沒有馬上答應。

——雖然已經完成了幾部作品，但我想等我手上的這部小說完成之後再給妳看。

聽到她這麼說，我也不知天高地厚地回答說，我要開始寫新作品，暫時保留了交換看對方小說這件事，但交換了個人資料，有時候會簡短地聯絡「妳在寫嗎？」「我在寫啊。」「我好像遇到了瓶頸。」比起和班上其他同學沒完沒了的聊天，和麻奈的對話更能夠為日常生活增色，我第一次慶幸自己有智慧型手機。

「小萌，到國後島了。」

把臉貼在窗戶前的奶奶稍微轉過頭對我說，我也知道這裡是北方領土四島之一。

「這座島好大，而且這麼近。」

奶奶驚訝地說道，我順從地點了點頭，和教科書的地圖上所看到的完全不一樣。

「海上沒有畫線。」

奶奶雖然沒看過我的教科書，但她腦海中應該也浮現了用線畫出北方領土的地圖。

我是不是誤會了奶奶的意圖？

搭渡船抵達小樽後，改搭特急列車和長途巴士前往的地點並不是我稍微上網調查後所看到的景點，而是日本最北端的城鎮稚內。雖然中途去了佐呂別原生花園，但並沒有看到薰衣草田，而是盛開著黃色和白色像是高山植物的鮮花，前方可以看到一片大海。在市場吃了裝了滿滿鮭魚卵、海膽和干貝的海鮮丼後，又去了宗谷岬。

那裡豎著「日本最北端」的標識，一次又一次播放「宗谷岬」這首歌。奶奶也跟著一起哼唱，我以為她多麼期待來這裡，後來不時聽到周圍其他人也跟著一起哼唱，才知道原來是上了年紀的人都知道這首名曲。

完全不知道這首歌到底哪裡好聽。

我想起一件事。爺爺和奶奶偶爾看歌唱節目時，不時聽到歌詞中提到神戶或是長崎之類的地名。一定是因為以前的人在當年無法透過影像輕易看到自己有興趣的地方，而這些歌發揮了讓人可以想像這些遙遠地方的功能。

奶奶的父母開的那家麵包店也叫〈薰衣草烘焙坊〉，是看了植物事典取的名字，但聽說他們年過花甲之後，才第一次造訪北海道。

雖然他們是在秋天的時候去北海道，但回到家之後，驚訝地告訴大家，都沒看到鈴蘭和薰衣草開花。這件事令幾個孫子，也就是我的爸爸和姑姑印象深刻，每次舉辦佛事時都會提到這件事。曾祖父母以為北海道一年四季都鮮花盛開，周圍也沒有人告訴他們根本沒這回事，也沒有人嘲笑他們沒常識。

身為曾祖父女婿的爺爺從北海道的大學畢業，聽到他們這麼離譜的感想，安慰他們說，有不少人都這麼以為。如果我現在也說相同的話，他一定會露出憐憫的表情叫我趕快去查資料。

那家麵包店之所以生意興隆，搞不好是因為在那個狹小的城鎮上，有很多太太都嚮往遼闊的北方大地。繼承了麵包店的奶奶來北海道之後，只要看到麵包店，就忍不住走進去買，還說想嚐嚐各種不同的口味，要和我分著吃，所以我也吃了不少麵包。奶奶吃到好吃的麵包時就會做筆記，我覺得她骨子裡就是一個麵包師。

她真的曾經夢想當小說家嗎？她當年的夢已經完全消失了嗎？如果我把自己所做的事告訴她，她會生氣嗎？我一直在想這些事，中途雖然去看了佐呂間湖，但基本上，到這裡的一路上都在看海。

海已經看夠了。我只是單純地這麼想，但看著隔開北方領土島嶼的海，我突然有了一種想法。

大海不也像是城牆嗎？

即使越過了眼前這座山，外面還有另外的城牆。即使來到了日本的盡頭，還是無法擺脫城牆。因為無法逃離，所以只能在城牆內奮戰。

奶奶是不是想要這麼告訴我？果真如此的話，我竟然自己體會到了，可見我的理解力超強。但是，我不知道要怎麼奮戰。還是說，奶奶的意思是，既然逃不出去，所以只能放棄，只能在有限的環境中思考最佳方法。

就好像奶奶當初放棄成為小說家，成為了麵包師，而且那並非只是夢想而已，機會已經在伸手可及的地方。

就像麻奈一樣……。

升上二年級後，我和麻奈同班，但在班上仍然屬於從一年級開始就很要好的同學為中心的小圈圈，瑠伽是那個小圈圈的大姐大。她是籃球隊的主將，很聰明，雖然不會主動爭取當班長，但如果其他同學推薦，她也會笑著接受。我喜歡她乾脆豪爽的個性。

瑠伽在一年級時主動向在班上毫不起眼的我打招呼，因為她說很喜歡薰衣草烘焙坊的麵包，而且聽到她向大家推薦，小萌家的麵包超好吃時，我也感到很高興。

當瑠伽邀我一起吃便當時，我婉拒了她，去和麻奈一起吃。這件事並沒有特別的理由，麻奈也沒有找我一起吃便當，而且她也有和她很合得來的、看起來很乖巧的朋友。

在社團活動時，我們會在電腦室一起作業，有時候相互傳訊息，問對方有沒有寫小說。我覺得我和她之間這樣的關係剛剛好，在黃金週之前，我收到了她傳來的訊息說，「我寫完了」。當時我已經看完了《玻璃人》的第六章，正緊張地想像著只剩下最後一部分的玻璃人不知道會怎麼樣。

父母終於在春假時為我買了筆電，我也完成了一篇自認為寫得不錯的短篇。於是，我們約定在連假結束後的社團活動時，交換看對方的作品。

我只帶了薄薄的透明資料夾，麻奈帶了一個厚實的牛皮紙信封。她先把信封交給了我，我打開後看到大大的標題，立刻倒吸了一口氣。

——是《玻璃人》。

我在緩緩吐氣的同時，發出了像敗北宣言般無力的聲音。

——妳知道？

麻奈驚訝地張大了眼睛，但我只是點了點頭。麻奈沒有在意我臉上的表情，立刻心花怒放。

——夢工房的作品有機會出書，仔細想一下，就會發現妳知道這部作品也很正常。我突然好害羞喔，搞不好我也曾經看過妳的作品。

不可能。因為作品經過審查之後，才會出現在夢工房的網站上。

——小萌，妳的作品也給我看看。

麻奈狀似興奮地朝我伸出雙手，我把資料夾藏在背後。

——不行，不行，不行。我怎麼敢拿給寫《玻璃人》的人看。我的作品要稍微延期。

我誇張地搓手向她拜託，麻奈笑著說，真拿妳沒辦法。當時，我是不是覺得她明明在班上和一些很不起眼的同學混在一起，卻有點自以為了不起？

所以，我才會那麼做。

遊覽車抵達了納沙布岬，我們將在這裡停留一個小時。有人興奮地叫著：「要吃花咲蟹囉。」奶奶和我走向納沙布岬的前端。

「這裡是日本最東端。」

奶奶眺望著國後島說道，但就像剛才在宗谷岬聽說是日本的最北端時一樣，完全沒有這裡是最東端的真實感。說到東方，就會想到東京。即使了解日本地圖的形狀，仍然忍不住懷疑，這裡真的是日本最東端嗎？

「我們已經到過最北和最東端了，只要再去最南和最西，就能夠體會日本有多大了嗎？」奶奶問。

「又不是在下黑白棋。」

「那倒是。」

奶奶像小女生一樣嘟著嘴。雖然我輕描淡寫地回應了奶奶的問題，但我無法產生像奶奶那樣的想法。如果奶奶成為小說家，不知道會寫出怎樣的故事。

「如果……有一個人想要去外國實現夢想，而且幾乎要實現那個夢想了，卻遭到周圍人的阻止，不得不放棄的話，妳覺得那個人會覺得海洋是城牆嗎？」

「嗯……」奶奶看著大海，將視線移向更遠方，然後「嗯？」了一聲，皺起眉頭看著我。

「小萌，妳果然看了世界文學全集嗎？」

我默默點了點頭，垂下了雙眼，問了一直想問奶奶的事。

「被人奪走夢想是怎樣的感覺？」

我等待片刻，奶奶沒有回答。即使是數十年前的往事，仍然在內心留下很大的遺憾嗎？仍然是不可觸摸的傷痛嗎？我正想抬頭向奶奶道歉，奶奶露出悲傷的表情看著我。

「妳是不是傷害了誰？」

奶奶怎麼會知道？這次輪到我說不出話了，但只要稍微想一下就知道，如果我是受害者，就不會問奶奶身為受害者的想法，因為我自己最了解。奶奶之所以難過，是因為她一直以為我是受害者，她相信我說的話，以為我拒學的原因，是因為班上同學的錯，所以，即使爺爺責備我，她仍然支持我，還帶我出門旅行。

奶奶對我感到失望嗎？

「在那個城鎮，即使小聲說話也會產生回音，然後散播出去，什麼話都不能說。即使只要小聲說對不起，只要對方聽到就夠了，結果人家還是都聽到了，開始胡亂猜測，進而傳出一些奇奇怪怪的傳聞。但是，這裡沒有關係，奶奶不會告訴任何人。」

奶奶直視著我，用力點了點頭。我背部用力，好像從後面推了自己一把，仰望著天空。

——小萌，妳是參加電社吧？和麻奈關係很好嗎？

五月中旬的某一天，放學後，瑠伽突然這麼問我。

——也沒那麼好……，因為在社團活動時，麻奈總是獨自坐在電腦前。

——她該不會是宅女？有什麼奇怪的興趣？

——沒有，只是寫小說而已。可以在夢工房的小說網站看到她的作品《玻璃人》，寫得很不錯啊。

——是喔，聽起來很好玩嘛！

瑠伽說完，拍了拍我的肩膀，似乎在對我說，做得好！

麻奈給我看她的文稿的翌日，夢工房也刊登了《玻璃人》的最後一章。結局超精彩，因為並不只是玻璃人有沒有變回原樣，或是死了這麼簡單的小女孩故事而已。

夢工房每兩個月會針對連載結束的作品進行投票，獲得冠軍的作品經過內部討論後，就可以出版成書。翌月開始進行的投票活動中，《玻璃人》遙遙領先，但是從某個時間點開始，留言欄中出現了很多中傷留言。

任何一部作品都不可能讓所有的讀者滿意，即使深受好評的作品，也有人會留下負評，和《玻璃人》競爭的作者，以及他們的書迷也可能會做出扯後腿的舉動。

在《玻璃人》連載期間，就曾經出現過很犀利的留言。小說內容雖然精彩，但是否應該鑽研一下文字的表達？某些地方突然從主角的角度變成了神的角度。玻璃破裂的方式描寫不夠充分，難以判斷是變得粉碎，還是只有裂痕而已。這些讀者都是在看完內容之後發表評論，一看就知道目的並不是攻擊作者。

但是，之後突然大量增加的負評留言性質完全不同。人類史上最糟糕的拙劣作品。無趣死了。作者的愚蠢原形畢露。這些留言充滿惡意，只是想要貶低作者。

幾乎在同時，我收到了瑠伽傳來的訊息，叫我不要理睬麻奈。表面的理由是對她的態度看不順眼，但我立刻知道了真正的理由。電腦社的一個男生向麻奈表白，但被麻奈拒絕了。瑠伽喜歡那個男生。

麻奈在旁邊沒有其他人的時候拒絕了那個男生，但那個笨男生為了保護根本稱不上是自尊心的無聊自我，當大家都在教室時，一副好像悲劇主角的樣子，為自己被拒絕這件事唉聲嘆氣，而且還故意在隔天之後請了三天假。那個笨女生就心生嫉妒，開始霸凌麻奈。其他女生雖然並不恨麻奈，但為了避免惹禍上身，也跟著偷偷惡整麻奈，至於那個愚蠢班導師，根本沒有發現班上發生了問題。

鄉下城鎮滿街都是笨蛋。

那些笨人的詞彙量不足，所以充滿惡意的留言暫時平靜了一陣子，但一則看似稱讚的留言，讓狀況更加惡化了。

『我覺得這部作品很精彩，雖然和天才科幻作家星村良一初期的某部作品結構很相似，但作品成功地將之昇華為自己的作品。』

那些詞窮鬼開始在留言欄中大罵剽竊，不久之後，夢工房網站終於撤下了《玻璃人》，由描寫一名美少年偵探靠推測破解日常小謎團的《溫暖俱樂部》拿下第一名，並決定付梓出版。

網路上也都是笨人。

接著，麻奈就不來學校了。

過了一陣子，班導師針對全班進行了談話調查，我只在「不理睬」的項目中畫了圈。但其實麻奈並沒有主動找我說話，更沒有向我求助，只看談話調查的結果，會認為我是旁觀者。以瑠伽為中心的其他人把麻奈的鞋子藏起來，上體育課時故意推倒她，除了不理睬她以外，還用其他方法惡整她，逼迫麻奈跳舞，把影片上傳到網路上。如果班導師的腦筋稍微靈活一點，應該會對和首謀屬於同一個小圈圈的我為什麼除了不理睬麻奈以外，沒有被要求做其他事產生疑問。

雖然我曾經聽說瑠伽想要考以前爺爺當校長的那所私立高中，但那和這次的事無關。在瑠伽眼中，我已經完成了比任何人更重要的任務。

我提供了有趣的題材。八成就是瑠伽和其他同學在夢工房的《玻璃人》留言欄中誹謗中傷麻奈。

比起在學校遭到霸凌，《玻璃人》遭到批判、失去了出書的機會，應該對麻奈造成更大的打擊。即使在學校再不開心，只要懷抱即將走向更遠大世界的夢想，或許還可以咬牙忍耐。但是，對她而言最重要的地方遭到了踐踏，不知道麻奈承受了多大的絕望和恐懼。被奪走的並不只是《玻璃人》這一部作品而已，即使以後再創作新的作品，即使以職業作家的身分踏入文壇，即使再受歡迎，那些笨蛋仍然會用網路這個工具糾纏她。

我就是頭號大笨蛋。

而且，我並非出於無意。我內心深處嫉妒麻奈。如果我說我完全沒有想到瑠伽可能會拿這件事去攻擊麻奈，我的身體必定會粉身碎骨。

遊覽車漸漸遠離大海，駛向摩周溫泉。今晚要住在那裡。

回到遊覽車上後，奶奶也沒有提起麻奈的事。看到我說累了，把水一飲而盡後，只問我要不要喝她的水。我看了奶奶的手記，起初覺得自己就像奶奶，但很快就知道自己是道代，最後發現自己根本是爺爺。

追求夢想的人、放棄夢想的人、協助他人夢想的人、妨礙他人夢想的人。

我之所以把奶奶的手記打在電腦上，是因為我想要在旅行的時候帶在身上，但很快就發現即使帶在身上，也找不到任何答案，而且越來越覺得自己就像爺爺一樣，所以在搭渡輪時就交給了別人。爺爺根本不知道我拒學的原因，就開始責備我，可見當年也是用這種方式在車站等候準備去東京的奶奶，自顧自地說一堆大道理，然後把奶奶帶回家裡。

雖然手記寫到爺爺等在車站那一幕就結束了，但既然奶奶一直生活在那個城鎮，就說明了故事的結局。奶奶也許是為了告別自己的夢想，才寫下那份手記，只是無法寫下最後一幕，因為夢想消失的瞬間實在太痛苦了。

我接下來該怎麼辦？

我之所以把奶奶的手記交給在渡輪上遇到的智子姊，是因為看到她用文字記錄旅行，她拍的影像也很棒。為了在船艙間好好休息，她請我幫她買書，而且剛好是松木流星的短篇集，所以我想要知道她怎麼看奶奶的手記，又會想像出怎樣的結局。

我在交給她時，無法告訴她那是我奶奶的手記。在漫長的航程中，智子姊很可能會遇到奶奶，而且之前剛好向她提到表姊的事，於是就用好像和表姊有關的模糊方式，把手記交給了她。

但是，在抵達小樽之前，智子姊並沒有來找我，告訴我關於手記的感想。也許她身體不太舒服，我也沒有主動去問她。把那份手記交給願意相信那個故事的人，就讓我的心情稍微變輕鬆了。

「奶奶，妳是用什麼方式原諒爺爺的？」

我小聲地問。幸好奶奶因為老花眼，看報紙需要戴老花眼鏡，但耳朵還很靈光。

雖然這次和爺爺吵架，鬧得不歡而散，但他們平時感情很好，我甚至懷疑這是他們第一次吵架。在我小時候，經常和奶奶一起散步。不同季節時，鄉下地方沒有鋪柏油的路旁，都會盛開不同的野花，也可以看到昆蟲出沒。即使問奶奶那些野花、那些昆蟲叫什麼名字，奶奶也總是記不太清楚，但奶奶總是一臉理所當然的表情說，回去問爺爺，爺爺什麼都知道，而且奶奶說的沒錯，爺爺總是會告訴我更多的事。我只是問爺爺這個城鎮路邊的東西，但爺爺連山後方的事情也都知道，我不由得對他肅然起敬。

「妳想要成為小說家而離家出走，但爺爺等在車站，把妳帶回家了，不是嗎？」

「原諒？原諒他什麼？」

奶奶微微偏著頭。

「妳是不是只看了《咆哮山莊》和《亂世佳人》而已，沒有看《安娜·卡列尼娜》？」

「還有後續嗎？但我檢查了《亂世佳人》旁邊的《哈姆雷特》，裡面什麼都沒有啊。」

「順序錯了，可能是亞紀看了之後放錯了位置。火腿哥覺得與其再看以前看過的書，還不如看新的作品，秀樹、美和子都不會看那種厚書，所以我覺得藏在那裡是絕佳的地方，可能要等到孫子這一代才會發現，到時候就會當作是笑話一笑了之。」

奶奶笑了起來，似乎覺得很滑稽。她叫爺爺「火腿哥」的口氣很溫暖，於是我知道，奶奶至今仍然愛著爺爺。

「後續到底是怎麼回事？」

「雖然自己說很害羞，但還是必須為妳澄清誤會。」

奶奶說完，告訴了我故事的結局。

火腿哥之所以會等在車站，是因為繪美的母親看到她坐上了長途巴士。往鄰鎮的巴士會經過麵包店前，繪美的母親看到後，立刻打電話到火腿哥的學校，火腿哥馬上衝出學校，前往車站。

但是，他並沒有強迫繪美跟他回去。

「至少讓我送妳一程。」

火腿哥說完，遞給繪美一個牛皮紙信封，信封裡裝了地圖和名片。那是大出版社錦州社的文藝部編輯清原義彥的名片，他是火腿哥大學同學的伯父。

「如果妳無論如何都想成為小說家，不要去找松木流星，去找這個人。」

「你為什麼要這麼做？」

繪美問。火腿哥回答說，他在思考自己如何才能為實現繪美的夢想盡最大的努力後，得出了這樣的結論。最後，繪美沒有搭上電車。之後，繪美把之前寫的作品寄給了錦州社的清原，然後和火腿哥一起造訪了出版社。

一年後，繪美出版了第一本，也是最後一本書，《鈴蘭特急》。

奶奶出過書。

「為什麼沒有告訴我？」

「已經是好幾十年前的事了，而且我也不知道妳想當小說家，再說出書之後，奶奶最初的夢想也實現了，感到心滿意足，這件事也就結束了。」

「沒有寫第二本嗎？」

「《鈴蘭特急》賣得很差，不要再追問了，妳不妨認為比起寫小說，奶奶更有做麵包的才華。」

奶奶說完，羞澀地笑了起來，她帶著平靜的表情直視著我。

「小萌，妳不要因為爺爺為奶奶這麼做，就以為只要協助麻奈的書出版，就是對她的補償。妳並沒有這樣的能力和人脈，這也不是可以等到以後再解決的事，妳必須思考現在如何才能夠為麻奈盡最大的力。聽好了，妳不要誤會，不是選擇對妳來說輕鬆的方法，而是要思考麻奈需要什麼。」

原來奶奶甚至發現了我假裝自己受傷，只想到自己。

「我……應該向麻奈道歉，然後……還要告訴她，無論別人說什麼，我覺得《玻璃人》很精彩，還要拜託她再寫新的作品，不是因為有很多人期待她的作品或是不寫的話太浪費才華，而是因為我想看，所以拜託她繼續寫……。但是，要怎麼告訴她？」

「可以等回家之後再做這件事，也可以用妳口袋裡那個方便的工具，不就是要在這種時候使用嗎？」

我隔著連帽衣的口袋，摸了摸手機。

「我也要聯絡火腿哥，他差不多會因為太寂寞，一個人躲起來哭了。然後要請爺爺帶我們好好參觀他渡過學生時代的城市。」

奶奶從放在腿上的皮包裡拿出手機，駛入山路的遊覽車放慢了速度，在山路上繞來繞去。奶奶最怕這種山路了，如果不閉上眼睛就會暈車，只能晚一點再傳訊息給爺爺。但是，我沒問題。我要仔細思考後慢慢寫。

在此之前……。

「奶奶。」

聽到我的叫聲，奶奶驚訝地睜開剛閉起的眼睛，然後眨了幾下。

「我有一件事忘了說，雖然妳剛才說是第一本，也是最後一本，但誰知道是不是真的是最後一本呢？」

「也對。」奶奶輕輕笑了笑，仰頭看著車窗外的天空。北國夏日向晚的天空又高又藍，奶奶和我將會持續祈禱，希望可以看到天空彼岸的故事。

故事的結局

2016年2月1日初版第一刷發行
2018年5月15日初版第三刷發行

作　　者　湊佳苗
譯　　者　王蘊潔
編　　輯　李佳蓉
美術編輯　鄭佳容
發 行 人　齋木祥行
發 行 所　台灣東販股份有限公司
　　　　　＜地址＞台北市南京東路4段130號2F-1
　　　　　＜電話＞(02)2577-8878
　　　　　＜傳真＞(02)2577-8896
　　　　　＜網址＞http://www.tohan.com.tw
郵撥帳號　1405049-4
法律顧問　蕭雄淋律師
總 經 銷　聯合發行股份有限公司
　　　　　＜電話＞(02)2917-8022
香港總代理　萬里機構出版有限公司
　　　　　＜電話＞2564-7511
　　　　　＜傳真＞2565-5539
Printed in Taiwan

國家圖書館出版品預行編目資料

故事的結局 / 湊佳苗著 ; 王蘊潔譯. --
初版. -- 臺北市 : 臺灣東販, 2016.02
面 ;　公分
ISBN 978-986-331-950-4(平裝)

861.57　　　104028748